Albert Mambourg

ENDE EDEN

ein Protokoll über Altern,
Sex und Religion

Gute Nacht Geschichten

INHALTSVERZEICHNIS

I. Die Sache mit dem Altern

Gregor Samsa wacht auf   11

Zimzum   13

Tagebuch des Alterns der grossen Denker   14

Körperkultur   25

In der Sprechstunde   27

Der Tod   33

Vortrag im Alters- und Pflegeheim Kriens   33

Weltliteratur: Verhaltenskodex für
ein ehrbares Altern   35

Dostojewski Idiot

Schopenhauer gaga

Heidegger Sudelheftler

Den Arm hochheben. Der Hitlergruss   40

Death Valley   42

Kofferpacken   43

Altern im Streit   44

Selfies   44

II . Die Sache mit dem Sex
Erinnerungen aus dem Garten Eden

Augustinus   46

Courbet: L'origine du Monde   46

Sexstellung versus Rückenschmerzen   47

Was ist Pädophilie   48

Sex und Religion   49

Volksweisheit in Gedichtform 49
Die eheliche Pflicht 50

herausgegeben 1879
Dr. med. Karl Weissbrodt
Ein Sexualführer durch die katholische Ehe
Neuedition bei Kindler
Heel Klassik
Auszüge

Pastoraltheologie 76
Sex in der Postmoderne 1969 77
Sex heute 83
Erasmus. Italien. USA.
Alpensex Schweiz. Türkischer Halbmond
Europäischer Gerichtshof 88
Vagina 89
Sex in der modernen Literatur 87
Europäischer Gerichtshof 87
Sexprobleme XY ungelöst
Sex und Religion 94

III. Die Sache mit der Religion
BIG BANG 95
Eine Divina Commedia über
die sogenannt letzten Dinge
die Himmel und Hölle verbinden

Mariä Himmelfahrt 195
Jesu Christi Blutstropfen 195
Fronleichnam 196

IV. Die Sache mit dem Tod

Letzte Worte 196

Lebenserwartung und Weltbevölkerung 203

Suizid 204

Monaco Franze 204

The big sleep 204

Computer töten 205

Todesmail 205

Krötentöten 205

... und die Sache mit der Musik

Le Sacre du printemps 1913 206

Lautloses Gleiten 208

Vinteuils Sonate 209

... und die Sache mit der Zeit

Lauras Gedächtnis 212

Nachrufe auf einen Weintrinker 214

Christian Morgenstern 214

Tote schlafen fest 215

Lizenz zum Gebären 220

Tucholski zum Schluss 220

Literaturnachweis 223

Bibliografie 224

I. Die Sache mit dem Altern

Gregor Samsa wacht auf

Als ich eines Morgens wie Gregor Samsa aus unruhigen Träumen aufwachte, fand ich mich in meinem Bett zu einem Greis verwandelt.

When I get older
loosing my hair (...)
will you still need me
will you still feed me
when I'm sixty-four?
(The Beatles)

Mit 64 sieht man alt aus in den Unfallberichten der Polizisten, die diese im Polizeirapport der lokalen Presse in ihrem eigenen Stil verfassen: Ein 60-jähriger Greis ist gestern um 17.50 Uhr auf einem Zebrastreifen nahe der Luzerner Altstadt in ein Auto gerannt, das den Zebrastreifen überqueren wollte. Der Fussgänger sagte nicht mehr viel an der Unfallstelle nach dem Unfall. Es entstand zur Hauptschlagaderzeit des täglichen Büroschlusses ein einstündiger Verkehrsstau, der dann wieder aufgehoben werden konnte, als der Unfall vorüber und aufgeräumt war.

Ich lag auf meinem panzerartigen harten Rücken, hob den Kopf ein wenig, schaute an mir hinunter, merkte auf einmal eine helle Passage im dunklen Lebensfilm, wie ein Standfoto:Ich war alt geworden. Das Wort Greis hatte ich noch nie auf mich bezogen, aber plötzlich diese Einsicht, wie ein Blitz aus diesem sich langsam dahinziehenden Wolkenhimmel.

Ich wollte den ganzen Körper wenden, aber es ging nicht, ich spürte meine Glieder, die Beine und die Arme an sich schon, konnte sie jedoch nicht bewegen. Auch den Kopf nicht über die Brust heben, zum Schauen, was los sei. Mein Nacken war steif. Wollte ich den Rücken bewegen, spürte ich nur Schmerzen. Ein Messerstich im Kreuz. Habe ich Jesus beleidigt?, fuhr es mir durch den Kopf. Ein Kribbeln in den Zehen, mit den Füssen fängt es an.

Dann war es wie eine Offenbarung: Jesus stand über mir, war aus den Erst Kommunion Bildern ausgestiegen, teilte mir behutsam mit, meine Zeit sei gekommen zum Heimkehren. Das weiss eigentlich ein jeder Christ, aber man schiebt solches hinaus, ein natürlicher Reflex.

Das Altern ist das allergrösste Unglück, das man sich vorstellen kann. Es ist das schleichende Ende von allem, was weh macht. Und man fragt sich zu Recht: War das alles, hat die Geburt sich hierfür gelohnt?

Als Kind hat man nur Träume. Als Jugendlicher Vorstellungen. Als junger Erwachsener ist man im Krieg, im Clinch mit dem banalen Vorkommen der alltäglichen Verrichtungen. Man ist immer noch vor dem Berg... und denkt nicht ans Ende, das Fertigsein von allem.

Ab 64, etwas früher oder etwas später, fühlt man sich am Hang hinter diesem Berg runtergehen, ein Abgang ist es, ein Daniedergehen, ein Runterlaufen, ein Abnehmen, ein Verdünnen, ein Verlieren, ein sich Auflösen. Seit der Metamorphose zum Käfer gehe ich vornübergebeugt, geknickt in der Lendenwirbelsäule. Auf dem Trottoir machen die Passanten von vornherein einen Bogen um mich, um nicht gegen einen Gegenstand zu stossen. Im Bus kriege ich jeden Sitzplatz, auf den ich zusteuere, wahrscheinlich dürfte ich sogar neben dem Chauffeur fahren.

Aber wo geht die Reise hin? Zum Schöpfer aller Zeiten und aller Sachen? Glaubst du an Gott, fragen die Menschen einer den anderen. Ja/Nein, sagt man.

Aber dann: Irgendwie glaube ich an irgendetwas, sagen sie, das kann doch alles nicht von selber entstanden sein. Diese Frage ist falsch gestellt.

Der Mensch denkt nur kausal. Wenn was da ist, muss es jemand geschaffen haben. Die Frage ist nicht korrekt, denn demnach müsste einer den Schöpfer geschaffen haben und ein Schöpfer den Schöpfer und so weiter. Wir sehen ja wie Galaxien neu entstehen, aus sich heraus, da sitzt kein Gottvater mit Vollbart auf seinem Stuhl im Bademantel und sagt:

Ja, Sterne, entsteht!

Zimzum

Wenn ich mich für Gottesplan entscheide: Als was will ich denn nach dem Tod wiederauferstehen? Als Baby an der Mutterbrust? Als Jüngling und alles wieder vor mir? Als 50-jähriger gemachter Mann im besten Alter? Vielleicht.

Sicher aber nicht als Tattergreis gebrechlich mit morgendlichem Rückenweh, Zipperlein, Harndrang, Flatulenz und Inkontinenz... schwerhörig, windig, leer und aufgeblasen, depressiv bis zum Gehtnichtmehr.

Tagebuch des Alterns

Grosse Denker haben den Weg bereits gemacht und sind derselben Meinung: Wir alle sind nicht allein.

SÖREN KIERKEGAARD
Die Tagebücher:
Wider alle Krankheit, wider alles körperliche Leiden und das darin gründende traurige Missverhältnis zwischen Seele und Leib gibt es doch den Trost, dass der Tod die Krankheit ist, die mit allem andern ein Ende macht.

CLEMENT TUTE
Pariser Journalist, zitiert von Tucholsky.
Zwei Soldatenleichen vom I. Weltkrieg, die sich von Verdun her kannten:
– Na! Du bist für den Unbekannten Soldaten am Arc de Triomphe in Paris ausgelost worden. Junge! ich möchte dort nicht liegen, da zieht's ja von den Champs Elysées herauf! Und dann so allein! Man kann sich nicht mal unterhalten.

PROUST
C'est avec des adolescents qui durent un assez grand nombre d'années que la vie fait des vieillards.

CLAUDE LEVY STRAUSS
Plötzlich vor dem Sterben sieht man ein, alt, schlaff und am Ende zu sein. Das Leben passierte bis dahin unauffällig.

INDIANER
Sprichwort:
Jung und schön
Alt und hässlich.

PLUTARK
Das Alter ist ein trauriger Herbst.

RÖMER
Die Alten Römer schickten ihre Alten nicht ins Altersheim, sondern ad pontem, sie stiessen sie die Brücke
runter in den Fluss.

CATO
Wenn man im Alter nicht mehr hat, was man inzwischen entbehrt, ist der Schmerz nicht gross.

CHRIST
Das Alter ist die Zeit, sich auf den Tod vorzubereiten.

PROUST
Durch Schreiben kann man die verlorene Zeit zu-
rückgewinnen. Temps perdu/ temps retrouvé.

SHAKESPEARE
in: «Wie es euch gefällt»:
Das Alter ist die zweite Kindheit und das reine Vergessen, ohne Zähne, ohne Augen, ohne Geschmack, ohne
alles.
In «King Lear»:
Der Greis, das Altern, sind nicht die Grenze der condi-
tion humaine, aber ihre Wahrheit selbst, das Altern,

das Hinfallen sind der Inbegriff des menschlichen Daseins.

EXISTENTIALISMUS

Der Sinn des Lebens ist das Leben selbst. Die Zeit kann man sich bildlich so vorstellen: Sitzen im Zug Raumzeit behäbig draussen flitzt die stille Gegend rasant vorüber in die nächste Raumzeit hinein und kehrt nicht wieder.

EINSTEIN

Vergangenheit und Zukunft bestimmen unser Bewusstsein, existieren aber nicht in der Realität. Es gibt keine physikalisch beschreibbaren Zeitformen, vulgär gesagt heisst das, man kann die Zeit nicht errechnen und nicht darstellen.

ALLGEMEIN

Der Tod ist ein Aussichtspunkt für einen Nachruf auf das Leben.

OLIGARCH

Ich wohne in St. Moritz im Winter, im Sommer an der Côte d'Azure, habe einen Privatjet, eine Yacht, einen Hubschrauber, esse weisse Trüffeln und trinke einen sehr alten Don Pérignon 1958, was will ich mehr!! Ich bin glücklich!!

DIE ALTERSHEIMER WEISHEIT

Früher glaubte man, die Anhäufung der Altersjahre steigere das eigene Wissen und brächte einem die Weisheit. Wenn ein Alter heute langmütig wie Häuptling Adlerauge vor sich hinschaut, denkt man weniger an Weisheit als an beginnende Demenz.

GRIECHEN (ALT-)
In der griechischen Tragödie ähneln sich das Kind und der Greis in ihrer Impotenz.

ANDRE GIDE
Mit 81 habe ich mehr oder weniger alles gesagt, was ich zu sagen hatte; ich habe Angst mich zu wiederholen. Ich frage mich, ob ich tatsächlich noch lebe? Alles ist da und geht voran ohne mein Zutun. Die Welt braucht mich nicht mehr, jetzt wo ich mich für eine längere Zeit verabschiede.

APOLLINAIRE
Ich bleibe, fort geht Tag um Tag.

MONTHERLANT
Ich muss mir Mühe geben, daran zu glauben, dass ich was verspüre, dabei verspüre ich nichts mehr. Die Welt streift mich nur leicht.

J. MAYNARD KEYNES
In the long run, we'll all be dead.

IONESCO
In den «Stühlen» stürzt sich das greise Ehepaar in der Schlussszene aus dem Fenster, weil es begriffen hat, sein Leben habe jeglichen Sinn verloren und habe auch nie einen gehabt.

BECKET

Das Leben ist für uns nur die Erinnerung.
(Das hat aber auch schon Proust gesagt!)

JESUS

Wer an mich glaubt und mir folgt, ist selber schuld.

TUCHOLSKY

Gespenster

Es gibt Kunst-, Literatur- und Politikgespenster, die
namentlich immer noch herumgeistern und längst
nicht wissen, dass sie bereits tot sind, all die, die auf
Inschriften eingemeisselt sind. Alte Bibliotheken von
vor 1914: Wie tot ist das alles. Es geht einen nichts
mehr an. Hat den Wert von Kindheitserinnerungen.
Kalbsdämlich. Ich werde euch was blasen. Der grosse
Papierkorb der Vergangenheit. Vergiss die Unsterb-
lichkeit.

MADAME DE SÉVIGNÉ

Tag für Tag gehen wir voran. Heute ist wie gestern und
morgen ist Morgen wie der heutige Tag, so gehen wir
vorwärts, ohne es zu merken. Das Altern der andern
kommt mir plötzlich wie ein Schock vor. Hélas! Wenn
das Alter uns lähmt, sind die schönen Tage vorbei.

PROUST

Ich war erschrocken, als ich meine Grossmutter be-
suchte und plötzlich eine alte Frau vor mir sah.

ÖKO

Ich trage einen ökologischen Rucksack, eine reine Weltverschmutzung auf mir. Eine Kremation verbraucht 100 Liter Kerosin. Die Kremation ergibt einen CO_2-Ausstoss von 2 Tonnen ins All: Umweltverschmutzung. Das Ökologischste wäre Schreddern in Stückchen für die Fischzucht. Recycling.

ARISTOTELES

Die alten Leute leben mehr in der Erinnerung als in der Hoffnung. Die Alten können nicht mehr lachen.

SAINTE BEUVE

Verhärten an einigen Stellen, verfaulen an andern, es kommt nicht zur Reifung.

MAURIAC

Einzelheiten vergessen, verschwunden. Und was ist mit den Ideen?! 50 Jahre Bücher lesen…. was bleibt? In dieser Endzeit des Alterns zittert die Hand, wenn man eine Tasse Tee auf die Tischplatte zurückstellt. Jeder siehts, man sagt aber, wie jung man aussehe, wobei es niemandem in den Sinn käme, einem Buckligen zu sagen, sein Buckel sei flacher geworden.

HERRIOT

Kultur ist das was bleibt, wenn man alles vergessen hat.

SIMONE DE BEAUVOIR

Die Wissenschaftler über 50 sind zu Nichts mehr gut, nur noch zum Kongresse halten.

Über das Reisen im Zug: Die Erschütterungen der Eisenbahn führen zu Nervenkrankheiten (...), währenddessen die schnelle Abfolge der Landschaftsbilder im Zugfenster Entzündungen der Retina hervorrufen. Der Staub und der Dampf der Lokomotive verursachen Lungenentzündungen und Verklebungen der Pleura. Schlussendlich versetzt die Angst vor der konstant vorliegenden Unfallgefährdung die Reisenden in einen Dauerstresszustand und fördert den Wahnsinn. Einer Schwangeren bedeutet eine jede Eisenbahnreise unabwendbar eine Fehlgeburt mit all ihren Konsequenzen.

JEAN PAUL SARTRE

Da das Gedächtnis sich nicht von Imagination unterscheidet, entgeht uns die Vergangenheit; oder vielmehr, sie ist eine ständige Lüge, die die Gegenwart heimsucht, und damit entstellt, indem sie ihr ihre Bedeutung nimmt. Der Bruch zwischen Sein und Denken ist total.

GOETHE

Leider bleibt es immer die alte Leier, dass lange leben so viel heisst, als viele überleben, und zuletzt weiss man dann doch nicht, was es hat heissen sollen. Das Volk will sich ernähren, Kinder zeugen und die ernähren. Kein Mensch bringt es weiter.
Und schwer und schwere Hänge eine Hülle
Mit Ehrfurcht. Stille
Ruhn oben die Sterne
Und unten die Gräber.

Wenn die Afrikaner sich weiterhin so fortpflanzen wie Kaninchen, brauchen wir vier weitere Planeten, damit die Ressourcen ausreichen. Wenn ich acht Kindern das Leben schenke, nehme ich acht andern Menschen die Ressourcen weg.

BUNDESGERICHT LAUSANNE URTEIL

Altern mit Ausserirdischen

Die Kenntnis der Regeln und deren Befolgung werden als selbstverständlich vorausgesetzt. Ich wollte Malinki küssen, nur ein Nasenbussi wie es die Inuit tun. Meine geliebte Katze kratzte mich in die Wange und in die Hand und ich blutete. Man soll asoziale Wesen von einem anderen Stern nicht auf den Mund küssen wollen. Ich habe schlussendlich den Prozess verloren.

WITTGENSTEIN

Altern als Philosoph

Jedes Ding hat einen Namen in der Sprache: Bilden die Dinge in der Wirklichkeit einen anderen Sachverhalt als ihren Namen, wird der Satz falsch.

Hermine, Wittgensteins Schwester, in den Familienerinnerungen: Zu dieser Zeit ergriff ihn plötzlich die Philosophie, d.h. das Nachdenken über philosophische Probleme, so stark und so völlig gegen seinen Willen, dass er schwer unter der doppelten inneren Berufung litt und sich wie zerspalten vorkam.

BERTRAND RUSSEL

Die Verfassung Wittgensteins ist die eines Künstlers, intuitiv und stimmungshaft. Er sagt von sich, dass er jeden Morgen voller Hoffnung beginne, aber jeden Abend in Verzweiflung ende.

UNIVERSITY OF KATAR
Studie
Wer von klein auf fünfmal am Tag kniend betet, verändert im Alter die Anatomie seiner Kniegelenke.

ANATOLE FRANCE
1916, Erster Weltkrieg
Was mich tötet, ist weniger die Bosheit der Menschen als ihre Dummheit. Die menschliche Dummheit ist grenzenlos, unendlich.

1917
Ich wünsche mir mal kein Ende mehr dieses fürchterlichen Krieges in Europa. Ich glaube an nichts mehr und wünsche mir nur noch das ewige Nichts.

ALBERT EINSTEIN
1927 in Brüssel an der Solvay-Konferenz zur Quantentheorie, anwesend 17 Nobelpreisträger in Physik und Chemie, unter anderem Marie Curie, Pauli, Heisenberg und Max Planck.
Einstein: Gott würfelt nicht.
Niels Bohr: Einstein, hören Sie auf, Gott zu sagen, was er tun soll!

SIMONE DE BEAUVOIR
Das Leben ist eine Folge von Begräbnissen. Ab 70 sterben die Bekannten um einen rum, man bleibt umringt von jungen Leuten. Man kann sich seinen Tod nicht

vorstellen; die Abdankung: man liege in diesem Sarg, der hinausgetragen wird; man kann sich in seinen Leichnam nicht hineindenken, weil man noch lebt, das geht nicht, solche Gedanken soll man aussen vor lassen, das Todsein kann man selber nicht miterleben. (Sartre: la mort est une catégorie de l'irréalisable – kann man selbst nicht verwirklichen).

Der Tod ist Abwesenheit zur Welt; bereits soviel Abwesende: meine Vergangenheit ist weg, meine toten Freunde sind weg und so viele Orte auf der Welt, die ich nie mehr wiedersehen werde.

Das Altern hat nichts zu gewinnen noch zu verlieren, hat eine Alibifunktion, es braucht keinen beruflichen noch sexuellen Wettkampf mehr, es entschuldigt die Inkompetenz, die Impotenz und die Hässlichkeit des Körpers durch dessen Zerfall.

JEAN GENET, DIVINE
in Notre-Dame-des-Fleures
Der Tod ist keine kleine Angelegenheit. Divine fürchtet schon, es werde an Feierlichkeit fehlen. Sie will würdig sterben. Wie jener Fliegerleutnant, der in seiner Gala-uniform zu kämpfen pflegte, damit der fliegende Tod, wenn dieser im Flugzeug auftaucht, in ihm den Unteroffizier, und nicht den Mechaniker erkenne. So trug Divine stets ihr altes fettiges Hochschulzeugnis bei sich.

ROUSSEAU JEAN-JACQUES
Der Augenblick verschlug mir den Atem, wenn ich glaubte, in ihm die Ewigkeit zu erfassen. Seit meine Zukunft begrenzt ist, sind die Augenblicke nicht mehr

ewig, geben das Absolute nicht mehr her, sie werden allesamt untergehen.

PARACELSUS
geb. 1493, gestorben 47-jährig
Diser zeit endung ist der tot, der sitzt neben uns und wartet auf unsere bella intestina, wo er möge einbrechen. Der mensch ist zum Umfallen geboren.

KANT IMMANUEL
Wer im Gedächtnis seiner Lieben lebt, der ist nicht tot, der ist nur fern; tot ist nur, wer vergessen wird.

ALTERN
Geistig noch fit, voll bewusst, Gedanken bis ins Universum hinein, aber die Daumen schwarz vom Zeitungslesen, die Sehnen straff, die Haut verdorrt wie Pappkarton und faltig, Berg und Tal, Venenstränge violett über den Handrücken, die Handinnenflächen braun runzlig, die Finger zu Krallen angezogen, der Grundton des Gemüts rot und schwarz.

Körperkultur
Interview
– Herr Gismondi! Sie wurden Schweizer Vizemeister der Bodybuilding Association in der Bikiniklasse.
– Ja. Ich bin stolz, die Medaille hilft mir sehr viel. Ich trainiere fünfmal täglich. Bikiniklasse heisst breite Schultern aber schmale Taille, schlanker Unterkörper. Der Trick ist die Entwässerung. Eine Woche vor dem Wettkampf trinke ich 10 Liter Wasser pro Tag, so wird die Niere zur Überproduktion gezwungen. Die

letzten 2 Tage trinke ich überhaupt nichts mehr, die Nieren arbeiten jedoch im selben Rhythmus weiter und pressen den letzten Tropfen Flüssigkeit aus meinem Körper. Die letzte Nacht kann ich nicht schlafen, mir ist schwindlig und ich habe Brechreiz. Mein Körper ist am Wettkampftag nur noch Muskel und Haut. Das macht mich glücklich, nach Monaten des Zweifelns. Ich komme aber immer mal wieder auf den Punkt, an dem ich mich frage, warum ich das alles mache.

WINTERREISE

Schubert Zyklus
(Auszüge):
Fremd bin ich eingezogen,
Fremd zieh ich wieder aus.
Was soll ich länger weilen?
Die Liebe liebt das Wandern
Gott hat sie so gemacht
Von einem zum andern
Fein Liebchen, gute Nacht.
Schreib' im Vorübergehen
An's Tor dir: Gute Nacht
An dich hab' ich gedacht.

SIMONE DE BEAUVOIR

Alltag
Im Alter kopiert ein Tag den vorherigen und den vorherigen, es ist die Routine. Die kleinen Gewohnheiten ersparen einem die Anpassung ans Geschehen: Frühstück, Tageszeitung, Gartengang, Mittagessen, Siesta, Spazieren, Nachtessen, Zähneputzen, Schlafenge-

hen. Die Poesie der Gewohnheit. Die Alten verwechseln dann Vergangenheit, Gegenwart und Zukunft, die Poesie reisst sie aus dem Strom der schwindenden Zeit, ihr Feind. Die Poesie gibt ihnen diese Ewigkeit zurück – die sie im Moment nicht mehr verspüren, weil sie nur noch in der Routine leben –, sie identifizieren sich mit ihrer Vergangenheit; eine grosse Zukunft sehen sie nicht. Der Besitzer hat zu seinem Besitz eine magische Beziehung. Da der Alte sich selber nicht mehr machen kann, hängt er am Gemachten, am Besitz...er besitzt um zu sein. Der Geiz, seinen Besitz nicht mehr hergeben zu wollen, fixiert sich auf das Pendant des Besitzes: das Geld. Es gibt Hundertjährige die armselig im Bett sterben, mit einer Million an Geldscheinen unter ihrem Kopfkissen. Der Eigenbesitz des alten Menschen wird zu seiner Identität. Es geht eigentlich immer darum, in günstige Umstände geboren zu werden.

MICHAEL HANEKE
Regisseur
Im Alter gibt es die emotionale Vergletscherung...keine Empathie, keine Moral mehr.

GUSTAVE FLAUBERT
(Brief an Caroline)
Wenn man alt wird, werden die Gewohnheiten zur Tyrannei. Alles was weggeht, alles was uns verlässt, sieht unwiderruflich aus und man sieht den Tod auf einen zukommen.

In der Sprechstunde

im Allgemeinen Krankenhaus

Arzt:

– Nun kommen Sie doch näher und wir ziehen uns mal aus. Soo! wo haben wir's denn? Wo tut's weh? Hier oder hier? Mehr hier oder mehr da? (nach Dr. Knock). Sie müssen sich entscheiden, so viel Zeit haben wir hier nicht. Nun stellen Sie sich dort an die Wand, wir machen ein Röntgen. Ich geh mal schnell ins Kämmerlein. Soo…einatmen tieef und an..halten. Schon geschehen! Sie werden ja ganz blau im Gesicht! Wieder atmen hab ich gesagt. Jetzt ziehen wir uns wieder an. Ob es Krebs ist? Ein kleiner Trost, in Ihrem Alter wären Sie nicht allein. Sie sind ja Bauer! Sie müssen das Positive sehen, das Wachsen in der Natur, nach jedem Winter spriessen die Knospen an den Bäumen und so weiter. Wenn Sie eine Kuh wären, und nicht der Bauer, wären Sie schon lange im Schlachthaus!!! Häääh!! Ein Witz! ein Witz! Im Leben, sag ich immer meinen Patienten, muss man auch mal schön lachen können!!

STERBENDER

Letzter Gedanke

Die Welt kommt scheint's ohne mich aus.

YEATS

Das Leben ist eine lange Vorbereitung auf etwas, das niemals stattfindet. (Schopenhauer: Das Leben, eine unnütze Leidenschaft).

TOLSTOI

...lebenstrunken! ...Sobald diese Trunkenheit verflogen ist, merkt man, alles ist nur Schwindel, nur stupide Einbildung.

ASTOR

Lady Astor zu Churchill: Wenn ich ihre Frau wäre, würde ich ihren Kaffee vergiften. Sir Winston Churchill: Wenn Sie meine Frau wären, würde ich ihn trinken.

MICHEL HOULLEBECQ

Spiegel Interview. März 2015 von Roman Leick (Auszüge)

– Würden Sie gerne an Gott glauben?

H.: Ja, aber es gelingt mir nicht oft, einfach zu glauben und aufzuhören, darüber nachzudenken. Aber das schaffe ich nicht. Das geht wahrscheinlich den meisten so. Ich will Ihnen etwas sagen, das Ihnen sonderbar vorkommen mag: Es fällt mir leichter an Gott zu glauben, wenn ich auf dem Land bin.

– Konfrontiert mit der Weite der Natur und dem gestirnten Himmel über Ihnen, fühlen Sie sich dem Schöpfer nahe?

H.: In der Stadt sind wir nicht so intensiv in Berührung mit der Schöpfung. Die Erfahrung der Einsamkeit im Angesicht der Schöpfung führt uns auf eine ganzheitliche Betrachtung des Universums und auf eine theistische Vision der Welt zurück.

– Die Ordnung des Universums ist ein starkes Argument für die Existenz Gottes.

H.: In meinen Augen das eindrücklichste Gottesargument. Das Ergreifendste indes ist die Teilnahme an einer Beerdigung. Der Tod ist den meisten Menschen unerträglich, sie würden gern an ein Leben danach glauben. Nach dem Tod eines Angehörigen suchen sie Trost bei Gott. Der Islam hat natürlich einige Probleme mit der Glaubensbotschaft der Evangelien. Die Menschwerdung des Gottessohnes, mehr noch der Opfertod Christi am Kreuz, der Triumph des Gekreuzigten – das alles missfällt den Muslimen in hohem Masse. Sie verstehen es nicht. Ehrlich gesagt, ich verstehe es auch nicht. Ideologisch ist die Religion das beste Unterwerfungssystem, denn sie liefert die Grundlage des Patriarchats: Der Mensch ist Gott unterworfen und die Frau dem Mann. Punkt, Schluss, aus.

– Das ist schockierend!

H.: Ja, ja, das ist schockierend. Es ist ein rechter, identitärer Standpunkt, der aber durchaus Sinn hat. Ehrlich gesagt, was ich denke, ist ziemlich irrelevant. Die Religion hat punkto Unterdrückung die Nase vorn, denn alle anderen Unterwerfungssysteme, Nationalismus, Fachismus, Kommunismus, sind ins Abseits der Geschichte gelandet. Sie kommen nicht mehr infrage. Die Aufklärung ist am Ende. Der Humanismus ist tot. Der Laizismus, vor über 100 Jahren erfunden von Politikern, die im Atheismus die Zukunft sahen, ist tot. Die Republik ist tot.

– Dabei entwerfen Sie eine anscheinend sehr bescheidene Vorstellung von Glück: Eine stabile Partnerschaft, die ordnende Hand einer Frau; einfache, jedoch gut zubereitete Mahlzeiten statt Fertiggerichten aus der Mikrowelle; ein Gespräch in einer Tafelrunde mit Freunden. Inwieweit sind Sie ein Mensch, der in seinen Figuren gegenwärtig ist?

H : Ich bin kein engagierter Schriftsteller wie Sartre oder Camus, ich bin für nichts, ich weiss nichts.
Frankreich ist nostalgisch, es träumt seiner verlorenen Souveränität und Unabhängigkeit hinterher. Deutschland ist melancholisch, es möchte am liebsten im europäischen Nirwana aufgehen.

– Herr Houllebecq, wir danken Ihnen für dieses Gespräch.

TOLSTOI

Die Melancholie
Diese Trauer – der Melancholiker benimmt sich, als habe er was verloren. Ich bin nichts, ich erreiche nichts, es ist die mit der tödlichen Langeweile infizierte Leere. Alle Melancholiker wollen eigentlich sterben.

VERDI
Soviel arbeiten und sterben müssen.
Beim Tode seiner Frau:
Ich bin allein. Traurig, traurig, traurig.

INDISCHE FORSCHER

an der Marine University Californien
Mögen Tiere Musik? Ja, sie erlernen gewisse Eigenschaften. So gelang es, Goldfischen beizubringen, Barockmusik von Countrymusic zu unterscheiden. Die Goldfische entwickelten jedoch keine Musikliebhaber-typischen Emotionen auf die eine oder die andere Musikart, der Grad ihrer Begeisterung für das eine oder das andere war nicht messbar, also gering.

1922, 66 Jahre alt

Am 10. März dieses Jahres habe ich plötzlich das wahre Altern gespürt. Seither hat mich der Gedanke an den Tod nicht mehr verlassen.

In einem Brief an Lou Salome, 1925:

Eine Kruste der Gefühllosigkeit engt mich langsam ein; ich stelle es fest, ohne zu klagen. Es ist eine natürliche Evolution, eine Art anzufangen unorganisch zu werden. Was man im hohen Alter als Loslösung nennt.

Brief an Pfister, 1925:

Die organischen Elemente die solang zusammengehalten haben, tendieren dazu, sich aufzulösen; wer auch sollte sie dazu zwingen, noch länger zusammenzuhalten.

Brief an Viereck, 1926:

Vielleicht sind die Götter milde gestimmt, wenn sie am Ende den Tod sanft, also erträglicher gestalten als die schweren Laster, die wir im Alter ertragen müssen.

Brief an Stefan Zweig, 1936:

Ich kann mich an die Misere und Verzweiflung des Alterns nicht gewöhnen und ich erwarte sehnsüchtig den Übergang ins Nichts. Wäre ich allein, ich hätte meinem Leben schon lange ein Ende gesetzt.

Freud: Ein kleiner Trost zu sterben ist einschlafen und von nichts mehr wissen, denn vieles ist unerträglich.

Nach dem Anschluss Österreichs unter Hitler (1938) floh Freud nach England. Seine drei Schwestern, die in Wien geblieben waren, endeten in der Gaskammer.

CHATEAUBRIAND

Altern ist ein Schiffbruch

Ich sitze als einziger Zuschauer im leeren Saal, die Logen sind aufgeräumt, die Lichter gelöscht, als einziger meiner Zeit bin ich hier allein vor geschlossenem Vorhang in der Stille der Nacht.

LINGODROIDS

sind Roboter, die sich untereinander in einer uns unverständlichen Sprache unterhalten.

GOTT

redete schon lange vor den Robotern zu den Menschen in einer fremden Sprache, die niemand verstand: ICH erweise meine Güte wem ich will. Und über den ICH mich erbarmen will, über den werde ICH mich erbarmen.

TURKMENISTAN

Altern poetisch

Der Präsident hat den Personenkult auf die Spitze getrieben und die Wochentage nach den Namen seiner Verwandten genannt.

GRATIS ANZEIGER LUZERN

Werbung:

Motorisch verstellbarer Sessel garantiert Senioren ein müheloses Absitzen und Aufstehen. Die im Sessel integrierte Fussstütze lässt sich ein- und ausfahren und bietet entspannte Sitz- und Liegeposition beim Fernsehen. Die Sesselbedienung erfolgt elektrisch über Akku (ohne störenden stolperanfälligen Kabelanschluss).

Fotografie ist die Verdummung des Volkes.
(Instagram vorweggenommen)

Der Tod

ist in den Medien omnipräsent in den Altersheimen, Pflegeheimen und den Kriegen, aber es fehlen einem selbst die eigenen Erfahrungen, darum ist man überfordert, mit dem eigenen Tod umzugehen. Jesus ruft uns heim, jetzt sei genug Wasser den Bach runter, sagt er. Aber das hilft uns wahrhaft nicht weiter, wer weiss, ob er lügt? Er hat die Lüge nämlich erfunden. Wir werden eigens brutal mit etwas konfrontiert, das wir noch nie erlebt haben und sind mit Recht misstrauisch, denn man hat viele Tote vorgeschickt, aber nie gab es eine Rückmeldung vom Stand der Dinge, von der Landung auf dem Mars oder auf irgendeinem Stern, das ist so fragwürdig, dass man sich fragt…

Vortrag im Alters- und Pflegeheim Kriens
Ein Endgespräch

Eine sehr gute Frage hier aus dem Publikum. Es ist nämlich eine Grundfrage der Menschheit, die ein gewisser Theaterautor, bzw. sein Ghostwriter, man weiss das nicht so genau, damals auf Englisch gestellt hat, die Seinsfrage: To be or not to be, that is the question.

Wir denken zu wenig an die Nottubi, die es als Samenfaden nie zu einem Ei der Begatteten, dem Monatsei, geschafft haben, die heute unter Umständen Islamist oder ein guter Christ geworden wären. Sie sind, wertes Publikum, hier im Pflegeheim lebensbedürftig, des wahren Lebens, diesem grossartigen Ereignis habhaft, jedoch nicht mehr lange, wie Sie alle wissen, aber bereits vergessen haben. Denken Sie doch mal an die, die nicht geboren sind. Also die heute Abend nicht hier sind, weil sie nicht hier sein können. Denken wir an diese verlorenen Seelen, die von nichts wussten. Bitte sehr, was fragen Sie dahinten im Saal? Schalten Sie doch ihr Hörgerät auf Stufe 4, sonst können Sie mir nicht folgen. Hören Sie jetzt besser? Ich sagte, kaufen Sie sich Öl für Ihre Lampe und behalten Sie das Öl für sich, im Nachtkasten. Geben Sie's nicht weiter, wenn Ihr Nachbar keines hat, dann ist er selber schuld. Er hätte im Sommer einsammeln sollen, statt tanzen und herumsingen gehen wie die Grillen. Wir können in der Schweiz nicht alle retten, das Boot ist schon lange voll. Wer kein Boot hat, geht unter. Das ist eine Matrosenweisheit, das weiss heute jedes Kind, wird in der Schule gelernt, im Religionsunterricht. Gott hat schon gerichtet, wer ins Boot kommt. Unter hundert Millionen Samenfäden hat er sich nach dem Erguss derselben einen einzigen ausersucht, der zur Gottesanbetung herangezüchtet werden sollte, dieser eine, das waren Sie, die hier noch sitzen. Alle anderen Samenfäden liess er auf dem Tagesmarsch von der Scheide – der Vagina, wie's im Kirchenlatein heisst–, bis zu den Eileitern hinauf wie Erste-Weltkrieger in Gräben und Schluchten fallen, aushungern und verdursten, elendig versiegen. Die allermeisten Menschen wurden nie geboren, Gott war immer schon wählerisch und äusserst brutal.

Seien Sie also froh, dass Gott Sie auserwählt hat und schauen Sie nicht so reglos und besonnen drein, fast unansprechbar, als seien Sie nicht mehr von dieser Welt. Der Redner bedankt sich. Die Zuhörer, die noch wach sind, klatschen ein wenig. Sie sollen jetzt alle schlafen gehen, morgen ist noch ein Tag ...vielleicht!, so ruft er in den Saal hinein, wo die Hälfte der Insassen auf ihrem Stuhl, im Rollstuhl oder im fahrbaren Bett bereits eingeschlafen war und denen von den Nachtschwestern ins Ohr geflüstert wurde, sie würden jetzt abgeführt, es sei genug Wasser den Bach runter. Schlaft gut.

MALINKI DURAK
Die Katze sagt euch:
Schwarz wie die Nacht
Grau wie die Maus.

Weltliteratur

Gibt es beim Altern einen Ehrenkodex? Ja. Helfen uns die grossen Lebensdenker weiter? Nicht immer. Hier drei Auserwählte unter anderen mit 100 000 Seiten für die Katz:
Dostojewski
Schopenhauer
Heidegger

DOSTOJEWSKI IDIOT
sagt:
– Rassische minderwertige Juden beherrschen den Geldkredit, handeln mit fremder Arbeit
– Das Russentum ist Allmenschentum, weltweit.
– Westeuropa ist die sogenannte Idee einer aufgeklärten Zivilisation: krank durch liberales Gedankengut, kapitalistische Ausbeutung, lässt einen Teil seiner

Menschen, die Armen, zu Tieren verkommen.

– Liberalismus und Kapitalismus sind jüdischer Imperialismus, Knechtung der Welt.

Dostojewsky ist rechtsextremes Gedankengut. In den Müll damit, einfach wegwerfen. Dass er 20 Tausend Seiten geschrieben hat oder mehr, macht nichts, die Leute schreiben einfach zu viel. Alle Schriftsteller. Man soll nur das ausdrücken, was nötig ist und das, was richtig ist. Karajan hat 10 000 Mal Mahler dirigiert. Ein Mahl-er hätte genügt. Von Heraklit, einem der grossen griechischen Philosophen, ist nur noch ein Satz schriftlich erhalten. Das genügt und sagt schon alles. Wer wüsste mehr? (Wittgenstein im Tractatus: Was sich überhaupt sagen lässt, lässt sich klar sagen).

SCHOPENHAUER GAGA

Dass von allem, was man liest,
man neun Zehntel bald vergiesst,
ist ein Ding, das mich verdriesst.

Bleiben wir bei Schopenhauer; wenn der Leser das meiste vergiesst, dann iesst es auch besser soo:
Die Welt ist eben die Hölle und die Menschen sind einerseits die gequälten Seelen und anderseits die Teufel darin (1852). (Das hat Sartre 100 Jahre später auch schon gesagt: L'enfer, c'est les autres. Plagiat? Warum nicht; die Franzosen nehmen's nicht so eng. Sartre nahm Schopenhauer vorweg, ein nur kleines Plagiat). Ansonsten ist Schopenhauer aber nicht plagiierbar, sondern vor allem verwerflich:
– Das Genie (wie ich) hingegen übersieht die Beschäf-

tigung mit dem Einzelnen (Menschen), ein lästiger Frondienst, heisst übersetzt: Ich bin genial, es widerstrebt mir, mich mit Dummköpfen, normalen Menschen, einzulassen.

– Weil im Grunde alle Weiber ganz allein zur Propagation des Geschlechts da sind und ihre Bestimmung hierin aufgeht, so leben sie durchwegs mehr in der Gattung als in den Individuen. Die gibt ihrem ganzen Wesen und Treiben einen gewissen Leichtsinn. Wenn man nichts ausser dem Katechismus kennt, ist man ein roher, unwissender Mensch.

Der Antrieb des Menschen ist widerwärtig: Durch seine nicht natürliche weisse Farbe, die ekelhaften Folgen unnatürlicher Fleischernährung, spirituoser Getränke, Tabaks , Ausschweifungen und Krankheiten, er steht da als Schandfleck der Natur. Die grosse Mehrzahl der Menschen ist so beschaffen, dass ihnen mit nichts Ernst sein kann als mit Essen, Trinken und sich Begatten. Das Leben ist wesentlich ein Zustand der Not und oft des Jammers, wo jeder um sein Dasein zu ringen und zu kämpfen hat und daher nicht immer liebliche Mienen aufsetzen kann. Sein Tod ist jedem der Weltuntergang. Der Atheismus wird dem Menschen durch unablässiges und feierliches Vorsagen eingeimpft.

SCHOPENHAUER ALS ANTISEMIT:

Ich bin ein Buddhist, ein Mensch an dem auch nicht ein jüdisches Haar aufzufinden ist. Durch den foetor judaicus völlig chlorophormisiert. Philosophie muss was ganz anderes sein als Judenmythologie.

SCHOPENHAUER KOLLEGIAL:

Hegel, der jeden Unsinn in den Tag hineinschwätzt. Hegel, der miserable Scharlatan. Leibnitz und seine Flausen.

SCHOPENHAUER MISOGYN (FRAUENHASSER):

Da jeder Mann viele Weiber braucht, dadurch wird auch das Weib auf seinen richtigen und natürlichen Standpunkt, als subordiniertes Wesen, zurückgeführt, und die Dame, dieses Monstrum europäischer Zivilisation und christlich-germanischer Dummheit, mit ihren lächerlichen Ansprüchen auf Respekt und Verehrung, kommt aus der Welt (wird abgeschafft) und es bleiben nur noch die Weiber. Heiraten heisst, das Mögliche zu tun, einander zum Ekel zu werden. Die erotischen Gefühle täuschen uns, es ist wie bei den Statuen, die dazu berechnet sind, nur von vorne gesehen zu werden und sich dann schön auszunehmen, während sie von hinten einen schlechten Anblick darbieten: das Verliebtsein ist voller Wonne, ein Paradies, aber wenn vorübergegangen und demnach von hinten gesehen, zeigt es sich als etwas Geringfügiges, Unbedeutendes, wo nicht gerade Widerliches.

SCHOPENHAUER ALS ATHEIST:

Atheismus gründet 1. nur auf Offenbarung, 2. auf Offenbarung und 3. auf Offenbarung.

SCHOPENHAUER ALS GERONTOLOGE:

Unser Gedächtnis ist ein Sieb, dessen Löcher immer grösser werden, bis das Hineingeworfene alles durchfällt.

Das Christentum basiert auf einer Historie von Begebenheiten und Handlungen einiger Personen, von denen Rom (Dogma) fordert, der Glaube an die 30 Jahre Jesus-Leben sei die Welt, mache selig, erlöse von Krankheit, Verfolgung, Verarmung, Verstümmelung, Erblindung, Wahnsinn und Tod.

– Wissen Sie schon das Neueste?
– Nein, was ist passiert?
– Die Welt ist erlöst!
– Was Sie sagen!
– Ja, der liebe Gott hat Menschengestalt angenommen und sich in Jerusalem hinrichten lassen, dadurch ist nun die Welt erlöst und der Teufel geprellt.
– Ei, das ist ja ganz charmant.

Wir verkehren miteinander wie Masken mit Masken; wir wissen nicht, wer wir sind. Essen/Stuhlgang: Die Materie wird ständig zugeführt/abgeführt, die Hauptbeschäftigung aller Menschen ist, diese Materie anzuschaffen. Unser so geratenes Dasein lässt sich nur eine Zeitlang erhalten. Wenn Gott den Menschen aus dem Nichts erschaffen hat, soll er ihm die Möglichkeit geben, ins Nichts zurückzukehren.

Zu fragen wäre, worin die eigentümliche Vorbestimmung der Judenschaft für das planetarische Verbrechertum begründet ist.

Der Blut- und Bodendichter war früh und bis ans Lebensende ein begnadeter Nazijünger und fürs grosse kommende Reich zu haben, ansonsten von simpler Gestalt, aus einfachem Holz geschnitzt.

Zitat: Körperbetonte Praktiken involvieren immer den Körper, wie Musizieren, Gärtnern, Essen und Trinken, Laufen und Gehen, auch Motorradfahren. Es sind die Künste des Alltags, der Umgang mit den Dingen, die auf den zurückwirken, der sie ausnützt. Pferdemist dünkt das flache Ackerland, sagte er auch. Hier ist das Volk das flache Ackerland und Heidegger der Pferdemist.

SO IST DIE WELT
(original Heidegger Philosoph)
Das Spiegel-Spiel der geltenden Welt entringt als Gering des Ringes die eigenen vier in das eigene Fügsame, das Ringe ihres Wesens. Aus dem Spiegel-Spiel des Gering des Ringes ereignet sich das Dingen des Dinges.

Den Arm Hochheben
Der Hitlergruss
Es geht ums Dozieren. Ich mache mir Sorgen über die Masse, das grössere Publikum. Kaum steht einer vor mehr als zwei Personen, fängt er laut zu reden an, erhebt die Hand nach vor, bewegt sie rhythmisch in der Senkrechten, um die Personen, die sich vor ihm befinden, zu überzeugen, zu irgendwas. Wenn vor mehr als zwei Personen geredet wird, bei Versammlungen, in Volkspalästen, in Stadien, am Heldenplatz, lassen die Zuhörer gerne ihren Verstand und das Gewissen zu Hause in der Garderobe... man fühlt sich ja

nicht allein mehr. Ein Zucken geht wie eine Welle, ein Abgrund, durch die Haut hindurch, ins ganze Menschenfleisch. Ein Schaudern ist es. Es zieht einen zu den andern, man fühlt sich nicht allein gelassen auf dieser Welt. Sondern bestätigt. Wenn so viele Leute beisammen sind, klatschen und schreien, ist ein Irrtum ausgeschlossen, hier ist die Welt, auch wenn so mancher Staatsmann, Hitler, alle Diktatoren, Präsident Bush, Trump und der Papst, alle Päpste, alle Päpste ohne Ausnahme, Schwachsinn redeten. Alle Redner, sei es auch nur der im Pfarrsaal, umso mehr aber die der grösseren Versammlungen, heben beim Anbrüllen der Gesellschaft den Arm nach oben, bei Rechtshändern den rechten, die andern den linken. Nach seitlich und nach vor oben, mehr und weniger hoch. Bei schlechter Argumentation wie es bei Hitler, Stalin, Mao, Kissinger, dem Papst (hier abgleitend in einen Handsegen, dreifach in die drei religiösen Himmelsrichtungen) der Fall war, höher als ein normaler Mensch es tut, wenn er den Kellner im Café ruft zum zahlen bitte.

Die Pfarrer machen das auch, den Arm heben, aber gleichzeitig mit der Armhebung richten sie, alle Pfarrer, den Blick nach oben, rechts oben in den leeren Raum hinein, hinauf, in die Himmelsecke, dort wo Gott hockt. Der einzige Despot, der den Arm nicht hob, nie hob, war Napoleon, der die rechte Hand, etwas unterm Brustkorb, quer unter die Uniform steckte, weil er chronische Magenschmerzen hatte, vielleicht ein Geschwür.

Death Valley

Forschungsergebnis eines jungen indischen Forscherteams Santa Monica Death Valley: Ein Viertel der Menschen ändern nach siebzig ihre Persönlichkeit.

KUNSTMUSEUM ZÜRICH

Museumsaufseherin:

Vor den Gemälden von Baselitz, dessen Motive auf dem Kopf stehen, verdrehen sich die pensionierten Museumsbesucher oft dermassen, dass sie umfallen.

ALPINISTENDIRIGENT

Ein Dirigent klagte vor dem Luzerner Gericht gegen einen Musikkritiker, der geschrieben hatte, er dirigiere wie eine Kuh, die bergsteigt. Der Dirigent gewann den Prozess. Nach einem Jahr, als alle schon den Zwischenfall vergessen hatten, musste der verklagte Kritiker in seiner Zeitung publizieren, der besagte Dirigent dirigiere nicht wie eine Kuh, die bergsteigt.

ERFOLG

Zur ostentativen Sicherheit des Erfolgs tragen die Erfolglosen bei.

WAS ALTER NICHT ALLES MACHT

Am 3. Mai 2015 stand der 71-jährige Greis Klaus Maria von Brandauer vom Burgtheater Wien auf der Zürcher Bühne und deklamierte eine Stunde lang, stehend, ohne sich hinzusetzen.

GEDÄCHTNIS IM ALTER

Der Gedächtnisverlust tut nicht weh, so wie man einen heimlich wuchernden Krebs im Körper eine Zeit lang auch nicht merkt; auffällig ist nur beim Lesen von Texten das erstaunte Wiederfinden von Worten, die man eigentlich schon kannte.

ERICH KERET
(israelischer Schriftsteller)
Verdauung:
Ich wünsche mir den magischen Stuhlgang, der einem das lästige Abwischen erspart.

HEINRICH HEINE
Mich ruft der Tod.
In meinem Hirne rumort's und knackt
Ich glaube, da wird ein Koffer gepackt
Und mein Verstand reist ab – o wehe
Noch früher als ich selber gehe

Altern im Streit
Die eigenen Einsichten sind rechthaberisch, vor allem im Alter. Denn die Einwände, vor allem die bei Satzanfang gefallen sind, vergisst man, vor allem aber jene, die man im vorherigen Satz behauptet hatte. Einfach vergessen. Man muss einen neuen Satz, den man in guter Hoffnung angefangen hatte, weiterführen und auch beenden, was nicht immer gegeben ist.

Früher konnte man sich in Strudel hineinreden und diese beenden, wann man wollte. Im Ehestreit im hohen Alter gibt's sprachlich keine Rettung mehr, da man sich verheddert, auf verlorene, also vergessene Sätze keinen Beweis aufbauen kann, im Streit will man ja vor allem die Vergangenheit nachweisen, was man gesagt habe, mein Gott! wäre nur ein Tonband gelaufen, könnt ich dir jetzt vorspielen, welchen Unsinn du geredet hast, zumindest dass du irgendwas gesagt hast, was du ja bestreitest, was gesagt zu haben, im Speziellen aber irgendetwas, was ich jetzt auch nicht mehr sagen kann und nicht darauf zurückkommen möchte:

– Ich wäre nicht so blöd, so was zu sagen.
– Bist aber so blöd.
– Du wiederholst mich, ich habe als erster blöd gesagt.
– Ja! Weil du blöd bist.
– Wir beide wollen ja mit 70 nur Frieden, den Weltfrieden. Wir anerkennen beide, dass wir blöd sind. Dann bauen wir eben eine gerechte und gescheite Diskussion auf, wie es uns die altgriechischen Philosophen, die Erfinder der modernen Philosophie, gezeigt haben, aber das wirst du als Frau schwerlich begreifen.
– Ich bin keine blöde Frau.
– Ich habe nur Frau gesagt, nicht blöd.
– Du hast gesagt, ich als Frau sei blöd.
– Ich habe nur gesagt, dass du eine Frau bist, nichts anderes. Frauen sind blöd, aber ich habe nicht gesagt, dass du blöd bist. Et cetera...
Der Streit zog sich bis in die Nacht hinein, bis ans Ende der Nacht, wie mein Kollege Céline sagte:
Le voyage au bout de la nuit.

Selfies
Weltweit nehmen sich 800 000 Menschen pro Jahr das Leben.

HÖLDERLIN

Wie viel Wahnsinn braucht es, um geniale Dichtung hervorzubringen?

II. Die Sache mit dem Sex

Erinnerungen aus dem Garten Eden

AUGUSTINUS
(Heiliger)
Abscheu vor dem Unterleib: Inter faeces et urinam nascimur. (Zwischen Scheisse und Urin werden wir geboren).

COURBET
L'origine du Monde, das Skandalbild des 19. Jahrhunderts. Nackter Leib (franz. un nu) ohne Kopf, von Courbet im Auftrag eines Scheichs gemalt. Das Bild wurde in Verschluss gehalten, veröffentlicht, verboten, beschlagnahmt, Prozesse, Freigabe. Der nackte Unterleib gab Religionsdiskussionen auf und bewegte Kontinente von Europa über Australien bis nach Amerika.
Das Bild: Es ist eine natürliche Inszenierung des Scheideneingangs und der ansetzenden Gesässbacken, dominiert durch eine üppige, fast wilde Schambehaarung.

Courbet-Ausstellung im Beyeler Museum in Riehen bei Basel, Anfang 2015: Grosse Abbildung des Bildes auf der Kulturseite der NZZ. Unter den darauffolgenden Leserbriefen, die unter der Zuordnung laufen: Ich bin nicht prüde, aber...

Zitat: Dass Sie so was in Ihrer Zeitung abbilden! Ich dachte, Sie wären eine ernste Zeitung. Auch wenn das Foto auf Ihrer Kulturseite abgedruckt ist, Sie können sich nicht alles erlauben im Namen der Kunst. Was passiert, wenn Ihre Zeitung in Kinderhände fällt? Mein Mann hat die Seite rausgerissen und verbrannt.

Wir überlegen uns, ob wir ihre Zeitung noch weiterhin abonnieren sollen.

SEXSTELLUNG VERSUS RÜCKENSCHMERZEN

In der Fachzeitschrift *Nature* publiziert eine indische Gruppe von Wissenschaftlern aus dem Schmerzzentrum Nevada Death Valley einen Fachartikel über Sex und Rückenschmerzen:

Ein gute Position beim Geschlechtsverkehr zu finden ist für die Betroffenen oftmals eine Qual. Die Paare verzichten auf Sex, weil ihr kurzes Vergnügen wochen- bis monatelange Rückenbeschwerden nach sich zieht. Studien der WS (Wirbelsäule) in unterschiedlichen Sexualstellungen beim Menschen:

1. Missionarsstellung in zwei Varianten.
   Der Mann stützt sich ab
   a. auf den Händen
   b. auf den Ellbogen

2. Hundestellung in zwei Varianten.
   Der Mann kniet hinter der Frau, die stützt sich
   a. mit geradem Rücken auf die Hände
   b. nach vorn gebeugt auf die Ellbogen

3. Löffelstellung
   Mann und Frau liegen auf der linken Seite, der Mann immer hinter der Frau, mit angezogenen Knien.

Anmerkung: Was wäre denn Frau hinter Mann?: Die katholische Stellung für Antikonzeption!

Ich erspare den Lesern die nachfolgenden Tests und

Tabellen.Frau Professor Dr. Natalie Sidorkerwicz, polnische Leiterin der indischen Forschergruppe, schlussfolgert: Erstmals haben wir nun wissenschaftliche Daten zur Verfügung, um jene Männer zu unterstützen, die trotz Rückenschmerzen normalen Geschlechtsverkehr haben bzw. haben möchten. Sex hat das Potential, die Lebensqualität vieler Paare zu verbessern (!!!). Diese Studien über die Bewegungen des Mannes beim Geschlechtsverkehr in drei verschiedenen Positionen ist nur ein erster Schritt, ein Studie über die Frauenbewegungen soll folgen.

Was ist Pädophilie?
Christus, Sohn Gottes, hat nach eigener Aussage nie mit einer Frau geschlafen. Er unterhielt eine Gruppe von 12 jungen Männern, Jünger Jesu genannt, die ihm nur folgen durften, wenn sie ihre Frauen zuhause liessen. Er selbst hatte einen Lieblingsjünger, den Johannes, den er bevorzugte. Jesus sagte, er werde ihn nicht sterben lassen, nahm ihn nach seiner Auferstehung an der Hand mit in den Himmel (Dogma).
Pädophil ist, wer in einer solchen Situation sagt: Lasst die Kinderlein zu mir kommen.

Hat masturbieren Folgen?
Jedes Mal wenn du masturbierst, lässt Gott ein Kätzlein sterben. (Seit ich Malinki habe, masturbiere ich sicher nicht mehr. Höchstens ein Mal jährlich).

Ist Masturbieren eine Sünde?
– Wenn Sie's alleine machen, nein.
Wenn man dauernd masturbiert, wird das Glied

dann länger?

– Gute Frage! Ja und nein. Es wird länger und grösser, aber nur für kurze Zeit.

Volksweisheit in Gedichtform
Die Pfaffen
kommen wie der Mensch
vom Affen

Sex und Religion
KORAN

Sure 4: Wenn einige eurer Frauen eine Hurerei begehen, dann rufe vier von euch Männern als Zeugen gegen sie auf. Bezeugen sie es, dann schliesst diese Frauen in die Häuser ein, bis der Tod sie ereilt. Die Männer stehen den Frauen zur Verantwortung vor. Die tugendhaften Frauen sind die Gehorsamen. Jene, deren Widerspenstigkeit ihr befürchtet, ermahnt sie, meidet sie im Ehebett und schlagt sie. Wenn die Ungläubigen sich abwehren, dann ergreift sie. Und tötet sie, wo immer ihr sie findet.

ENZYKLIKA HUMANAE VITAE

Papst Paul VI 1968
Wenn die Christenmenschen sich gar nicht begatten, sterben sie nämlich aus.

RELIGIO MEDICI

Thomas Browe
Ich wäre zufrieden, wenn es irgendeine Möglichkeit gäbe, die Welt ohne diese triviale und vulgäre Art des Koitus zu verewigen

Die eheliche Pflicht, 1879
Ein ärztlicher Führer durch die katholische Ehe
von Dr. Med. Karl Weissbrodt (Auszüge).

ERSTER TEIL:

Nachdem Gott am dritten Tag die Pflanzenwelt erschaffen hatte, verfuhr er ebenso am vierten Tag. Er
schuf ein Männlein und ein Fräulein und segnete sie
und sprach zu ihnen: Seid fruchtbar und mehret Euch,
und füllet die Erde.

Der Geschlechtstrieb des normalen Menschen (wohl
zu unterscheiden vom Lüstling und Wüstling, der noch
tief unter dem, nach Natur-Notwendigkeit blindlings
seinem Brunsttriebe folgender Tiere steht) durch die
dem Tiere fremden Gefühle der Schamhaftigkeit und
der Liebe in Schranken gehalten, veredelt und gewissermassen vergeistigt.

Gott ruft den Müssiggängern zu: «Wer nichts arbei-
tet, der soll auch nichts essen.»

Luther zum heiligen Augustin: «Wenn der jüngste
Tag wahrhaft christliche Eheleute während der ehelichen Umarmung überraschen würde, so sollen sie gewiss sein, dass sie, auch in solcher Lage, für das Gericht eben so bereit sind, als ob sie irgend ein anderes
gutes Werk verrichteten.»
Durch die Erkenntnis der Sünde sahen die Menschen,
dass sie den Tieren ähnlich waren, und ihre aus dem
Geiste des Herrn entsprungene Seele schämte sich der
Nacktheit ihres Geschlechtes, welche sie an ihre Tierähnlichkeit erinnerte. Aus diesem demütigenden Bewusstsein der Tierähnlichkeit ist bei dem seiner
Gotteskindschaft bewussten Menschen das Scham-

gefühl entsprungen, welches besonders beim weiblichen Geschlechte stark entwickelt ist und vielen Neuvermählten nicht nur Scheu, sondern oft geradezu Abscheu vor dem ehelichen Werke einflösst.

Dagegen helfen kalte Vernunftgründe gar nichts. Nur das lebendige Bewusstsein, im Sinne des Wortes und Willens Gottes zu handeln, kann hier die wahre Hilfe bringen und zu freudiger Ausübung der ehelichen Pflicht stimmen, ohne dass das Schamgefühl dabei den geringsten Schaden leidet. Ehre denen, die aus freiem Antriebe und innerster Überzeugung der Befriedigung des natürlichen Geschlechtstriebes, den Freuden eines christlichen Ehelebens entsagen , um sich dem Dienste Gottes zu widmen; aber auch Ehre denen, welche die von Gott selbst gestiftete Einrichtung der Ehe hochachten, weil sie der Überzeugung sind, dass sie die Ausübung des an sich tierischen, d.h. der tierischen Natur unseres sterblichen Teiles angemessenen Zeugungsaktes dadurch geläutert und geheiligt wird, dass wir Christenmenschen diesen Akt in dem Bewusstsein begehen, dabei nach dem Willen Gottes zu handeln.

ZWEITER TEIL:

Vom richtigen Verhalten im Ehebette

Sobald die Kinder in das Alter der Geschlechtsreife treten, was bei Mädchen mit der Konfirmationszeit, bei (unverdorbenen!) Jünglingen im 18.-20. Lebensjahre der Fall ist, müssen die Jungen in echt christlichem Unterricht über die Geheimnisse der Ehe aufgeklärt werden. Beim Menschen wird, ebenso wie bei allen Säugetieren, die Befruchtung des weiblichen

Keimes (Eies) mit dem männlichen Keime (Samen) durch den Begattungsakt vermittelt. Die Tiere obliegen demselben zu bestimmten, von der göttlichen Weltordnung festgesetzten Zeiten, welche entweder an gewisse Jahreszeiten (Brunstzeit) oder an einen besonderen Zustand des Weibchens (Läufigkeit) gebunden sind. Nur der Mensch, dem mit der göttlichen Seele auch der freie Wille gegeben ist, ist befähigt, vom Zeitpunkt der Geschlechtsreife bis in das Greisenalter dem Begattungswerke zu obliegen; und zwar ist es – im Sinne des göttlichen Wortes (1. Mose 3,16)–der Mann, dessen Wille allein entscheidend ist für die Vornahme dieses Werkes. Dieser Wille wird durch den Geschlechtstrieb erweckt. Da das Fortpflanzungswerk für beide Teile – namentlich aber für den weiblichen – eine Reihe von Unbequemlichkeiten und wirklichen Leiden zur Folge hat (man denke nur an die blutigen Kämpfe unter den Männchen, welche bei vielen Tiergattungen dem Zeugungsakte vorangehen, an das mühselige Brutgeschäft der Vögel, an das Hinsterben der Insekten nach vollzogener Begattung, an die Schwierigkeiten und Schmerzen des Gebäraktes bei den höheren Tieren und beim Menschen!), so würde es ohne den Geschlechtstrieb gewiss von den Geschöpfen gänzlich unterlassen werden, und die natürliche Folge hiervon wäre das gänzliche Aussterben der Arten.

Der Geschlechtstrieb ist somit eine weise Einsetzung Gottes und reiht sich als eine solche harmonisch in den gesamten allweisen Weltplan ein. Er ist ein tierischer Trieb, gleich demjenigen, welcher Menschen und Tiere zum Essen und Trinken nötigt, findet aber beim Menschen seine Veredelung durch den, die rechtzeitige Ausübung regelnden freien Willen (während bei den Tieren diese Regelung durch Naturnotwendigkeit stattfindet) und seine Heiligung durch die christliche Ehe.

Der Geschlechtstrieb, oder die rein sinnliche Neigung der Geschlechter zueinander, geht von der Tätigkeit der keimbereitenden Drüsen aus, beim Mann also von den Hoden, beim Weibe von den Eierstöcken. Beim weiblichen Geschlechte ist dieser Trieb in der Regel weit weniger entwickelt als beim männlichen, so dass der Mann in dieser Hinsicht dem Weibe gegenüber eine beherrschende Stellung einnimmt.

Nach hausärztlicher Erfahrung tritt bei verheirateten Frauen das geschlechtliche Verlangen meistens erst längere Zeit nach Beginn des Ehelebens, gewöhnlich erst nach einer oder mehreren Entbindungen ein. Bis dahin gibt sich die Frau dem Manne mehr aus Pflichtgefühl und um dem Gegenstand ihrer Liebe gefällig zu sein, als aus eigenem Verlangen hin; manche Frauen empfinden geradezu Widerwillen gegen den ehelichen Akt, und wenn sie ihn dennoch zulassen, so erfüllen sie nur das Gebot des Herrn, dem Manne untertänig zu sein. Tatsache ist, dass der Geschlechtstrieb umso lebhafter hervortritt, je häufiger er befriedigt wird, und dass er bei unmässiger Anreizung sich bis zur Ausschweifung steigern, also zur wirklichen Sünde werden kann, während er, wenn er von Jugend an ungeweckt bleibt oder auch in reiferem Alter durch lange Enthaltsamkeit ausser Tätigkeit gesetzt wird, schliesslich völlig verschwindet.

Wenn beim Manne der Geschlechtstrieb rege wird,

so macht er sich zuerst durch Blutandrang, in dem äusseren Geschlechtsteile, dem männlichem Glied (auch Rute oder Penis genannt) bemerkbar. Dieses Glied, welches von walzenförmiger Gestalt ist, läuft in eine eichelförmige Spitze aus, ist aus Schwammkörpern zusammengesetzt und sehr reich an Blutgefässen. Die in demselben eingeschlossene Harnröhre nimmt den Samen auf und ergiesst ihn in heftigem Strahl, der durch die Druckkraft verschiedener Muskeln fortgeschleudert wird, in das weibliche Geschlechtsorgan. Die Scheide des letzteren ist hinsichtlich ihrer Weite, Länge und Lage dem männlichen Glied angepasst. Das männliche Glied, das durch den mit der geschlechtlichen Erregung verbundenen Blutandrang strotzend mit Blut gefüllt und dadurch steif und hart wird, nimmt in Folge der mit diesem Zustande verbundenen Spannung eine etwas nach aufwärts gekrümmte Gestalt an, die derjenigen der weiblichen Scheide völlig entspricht. Der Zeugungsakt selbst besteht in stossweisem Vorschieben des Penis in der Scheide, das bis zur Entleerung des Samens fortgesetzt wird. Nach dieser tritt sehr bald die Erschlaffung und das Zusammenfallen des Gliedes ein, der eine allgemeine Abspannung der Muskeln und Nerven folgt. Die Natur selbst erfordert jetzt von beiden Teilen völlig ruhiges Verhalten und bietet in einem tiefen, stärkenden Schlaf das beste Mittel, um die Aufregung und Anstrengung des Zeugungsaktes wieder vollständig auszugleichen.

Hauptregeln für die Ausübung des Zeugungsaktes.
Der Zeugungsakt ist unter allen Umständen als das Werk der besonderen Gnade Gottes zu betrachten. Ich lasse daher hier einige Anweisungen für das Verhalten im Ehebette folgen.

Wie schon im vorigen Kapitel erwähnt, ist der Mann, dessen Zeugungstrieb ununterbrochen fortdauert, hinsichtlich des Zeugungsaktes der bestimmende und zugleich der hauptsächlich tätige Teil, indem er durch Einführung des Gliedes in die Scheide und stossweise Vor- und Rückwärtsbewegung desselben die Samen-Entleerung bewirkt. Der Vollständigkeit halber soll hier nur noch angeführt werden, dass der Mann bei der ersten Begattung einer Jungfrau, also im Hochzeitsbette, mit seinem Glied das sogenannte Jungfernhäutchen durchbrechen muss, welches als halbmondförmige Verdoppelung der Schleimhaut den Eingang in die jungfräuliche Scheide verschliesst und in der Regel nur eine kleine Öffnung übriglässt, welche eben hinreicht, um dem Monatsfluss den Durchgang zu gestatten. Die Durchbrechung des Jungfernhäutchens verursacht in der Regel der Frau einen kleinen Schmerz (der Schmerz der Erbsünde; Red.), und es fliesst auch in den allermeisten Fällen nach der ersten Begattung etwas Blut aus der weiblichen Scham, ein Umstand, welcher als Zeichen einer unverletzten Jungfernschaft betrachtet wird. Indessen können doch auch Fälle vorkommen, dass durch einen Fall oder einen Stoss vorher schon dieses Häutchen zerrissen worden ist, so dass alsdann beim ersten Beischlafe kein Blut fliesst. Das Weib verhält sich bei der Begattung mehr leidend als handelnd.

Die Rolle, welche die Natur ihr beim Zeugungsakte zugewiesen hat, ist die des Empfangens, während der Mann der tätig zeugende Teil ist. Immerhin muss auch das Weib am Zeugungsakte in gewissem Sinne tätig teilnehmen, weil ein äusserlich duldendes Verhalten vom Manne leicht als Gleichgültigkeit oder Gefühlskälte ausgelegt werden und ihn verstimmen oder gar abschrecken könnte.

Auf dem Rücken liegend entferne sie die Oberschenkel von einander und ziehe dieselben gegen den Unterleib hinauf. Der Mann nähert sich dem so geöffneten Schosse mit seinem Glied und dringt mit diesem in die Scheide ein. Die Frau darf sich der Annäherung des männlichen Gliedes selbst dann nicht entziehen, wenn, wie es gewöhnlich geschieht, die Durchbrechung des Jungfernhäutchens etwas schmerzlich wäre, oder wenn sie überhaupt von zurückhaltender Natur ist und vor der innigen Geschlechtsverbindung eine gewisse Scheu hat. Um im eigentlichen Sinne, Ein Fleisch mit dem Manne zu werden, muss sie vielmehr, durch Hebung des Unterleibes, mit den Geschlechtsteilen dem Manne möglichst weit entgegen kommen.

Ausser dem aufrechten Gange, und dem himmelwärts gerichteten Blicke ist es auch noch die besondere Stellung, welche dem Menschen durch die Natur beim Beischlafe angewiesen ist, wodurch sich derselbe vom Tier unterscheidet. Während nämlich bei der Begattung der Tiere die Angesichter derselben von einander weggekehrt sind, so sollen die menschlichen Gatten bei dieser so wichtigen Lebensverrichtung mit den edelsten und schönsten Teilen ihres Leibes, dem Angesicht und der Brust einander zugewendet sein.

Schon der Bau des weiblichen Beckens, die Lage der weiblichen, äusseren und inneren Geschlechtsteile, die von oben nach unten und hinten leicht aufwärts gekrümmte Gestalt der Scheide, welche der Stellung und Gestalt des zum Beischlaf aufgerichteten männlichen Gliedes auf das Genaueste entspricht.

Zur ehelichen Beiwohnung eignen sich im allgemeinen elastische Matratzen von Pferdehaar viel besser als weiche Federbetten, und zwar aus dem einfachen Grunde, weil das Weib auf solchem Lager das Becken samt den Geschlechtsteilen, viel leichter erheben, und so dem Manne entgegen kommen kann.

Ebenso wird die eheliche Beiwohnung bedeutend erleichtert, wenn während derselben alle Kopfkissen entfernt werden, so dass das Weib in waagerechter Lage auf dem Rücken liegt. Bei erhöhter Kopflage bildet der Körper des Weibes einen stumpfen Winkel, dessen Spitze gerade in die Gegend fällt, wo die Geschlechtsteile liegen. Es ist also bei solcher Lage ein grösserer Kraftaufwand von Seite des Mannes erforderlich, um bis in möglichste Nähe des Muttermundes zu gelangen. Der Mann empfindet das Hindernis der Abwinkelung, das ihm die Ausübung des Zeugungsaktes erschwert, und sucht es instinktiv durch heftigere Bewegungen zu überwinden, wobei er dem Weibe und sich selbst leicht Schaden zufügen kann.

Das Weib kann sich selbst das nötige Entgegenkommen am besten dadurch erleichtern, wenn sie beide Oberschenkel so hoch an den Unterleib anzieht, als es eben möglich ist. Bisweilen kann dieses Entgegenkommen auch dadurch befördert werden, wenn das Weib mit den Oberschenkeln die entgegenstehenden Schenkel des Mannes kreuzweise umfasst. Auf diese Weise kann, durch verdoppelte Hebelkraft der Muskeln ohne vermehrte Anstrengung, der untere Teil des weiblichen Beckens nach oben gehoben werden, so dass das Wort der heiligen Schrift: «Und sie werden beide sein Ein Fleisch» in seiner vollen Bedeutung erfüllt werden kann.

Die Wichtigkeit der auf diese Weise erzielten Vorteile wird nicht allein aus dem zweckdienlichen Ergebnis des Beischlafes, sondern auch aus den üblen Folgen klar, welche ein unvollkommener Beischlaf für Mann und Frau herbeiführt. Diese sind:

1. Das Weib selbst erfährt von der geschlechtlichen Befriedigung nur wenig oder nichts, sondern wird im Gegenteil nur in schädliche Aufregung versetzt. Ohne die von der Natur geforderte Sättigung des geschlechtlichen Begehrens wird dem Weibe die Umarmung des Gatten zuletzt oft zur unerträglichen Pein, wodurch das eheliche Glück nicht selten gestört werden muss. Manche Frau weist ihren kräftigen, liebesbedürftigen Mann mit der schnödesten Härte, ja sogar mit Grobheiten zurück, so oft er sich ihr ehelich nähern will. In einem solchen Falle hatte der Mann, nachdem er diesen Zustand jahrelang mit musterhafter Geduld ertragen, endlich ärztlichen Rat eingeholt, und da stellte sich denn bald heraus, dass bloss die falsche Stellung bei der ehelichen Beiwohnung die Ursache dieses Jammers war. Der Arzt gab die passenden Anweisungen, und siehe da, die Frau teilte nun zum ers-

tenmale die volle Befriedigung ehelicher Zärtlichkeit mit ihrem Manne. Der alte Widerwillen gegen seine Umarmungen war in einer Nacht verschwunden; der Schade war geheilt, und so feierten die Leutchen nach vielen Jahren erst ihr eigentliches Hochzeitsfest.

2. Fast schlimmer noch als der Widerwille gegen die eheliche Umarmung von Seiten des Weibes ist die noch viel häufiger vorkommende, unvollständige Geschlechtsbefriedigung. Diese hat nämlich nicht bloss eine Störung des Eheglücks, sondern auch tiefe Störungen der Gesundheit, namentlich derjenigen des Weibes, zur Folge. Es kann Unregelmässigkeit oder gänzliches Ausbleiben des Monatsflusses, weisser Fluss, Unfruchtbarkeit, besonders aber eine solche Zerrüttung im Nervenleben entstehen, dass sich am Ende eine vollkommene Hysterie und mit dieser das ganze Heer derjenigen Übel einstellt, welche diese lästige und das Leben so vielfach verbitternde Krankheit zu begleiten pflegen. Auch die sogenannten «Frauenkrankheiten» sind sehr häufig die Folge eines solchen unglücklichen Ehelebens, diese Krankheiten sind meist sehr langwierig und in vielen Fällen überhaupt unheilbar.

Aber auch dem Manne droht bei unvollkommenem Beischlaf eine nicht unbedeutende Gefahr. Da ein solcher Beischlaf immer viel angreifender ist und daher auch viel schwächender wirkt, als der vollkommene und ordentliche, so kann am Ende eine allgemeine

Nervenschwäche, Hypochondrie, männliches Unvermögen, vorzeitiges Altern, ja zuletzt auch Verhärtung der Hoden und im schlimmern Falle Geistesschwäche und früher Tod die Folge davon sein. Genug, ein unvollkommener Beischlaf steht (das Sündliche abgerechnet) seiner Wirkung und Folge nach mit der Selbstbefleckung ziemlich gleich. Denn wenn auch letztere namentlich bei jugendlichen Personen, die Gesundheit schneller zerrüttet, so bleiben doch die genannten Folgen des unvollkommenen Beischlafes ebensowenig aus; ja sie müssen sich um so früher offenbaren, je mehr sich noch andere ungünstige, der Gesundheit schädliche Umstände dazu gesellen.

Zum Schlusse noch eine Bemerkung. Die Rückenlage des Weibes beim Beischlafe ist, wie bereits gesagt, die natürliche, und folglich auch die beste. Nichtsdestoweniger können Fälle vorkommen, welche den Beischlaf auf solche Weise unmöglich machen. Es würde zu weit führen, wollte ich hier auf Einzelheiten eintreten; auch kommen derlei Fälle so selten vor, dass eine besondere Belehrung darüber für die grösste Mehrzahl der Leser keinen Zweck hätte.

Vom richtigen Masshalten im Ehebette

Vor allem steht fest, dass die Entscheidung über die Frage, wann oder wie oft der Beischlaf auszuüben ist, nicht vom Weibe, sondern vom Manne ausgehen muss. Diese Ordnung beruht allein auf der natürlichen Bestimmung des Weibes als des empfangenden Teiles, sondern auch auf dem in der Bibel verkündeten göttlichen Willen: «Dein Wille soll Deinem Manne unterworfen sein, und er soll dein Herr sein»; dazu kommt noch, dass das Weib ohne Schaden für seine Gesundheit den Beischlaf weit öfter als der Mann ausüben kann, weil dieser, weniger durch den Verlust des Samens, als vielmehr infolge der Überreizung des Gehirns und Rückenmarkes bei allzu häufiger Begattung den schlimmsten Gefahren für seine Gesundheit (allgemeine Schwäche, vorzeitiges Altern, Rückenmarkschwindsucht, Gemüts- und Geisteskrankheiten) ausgesetzt ist, während das Weib sich schon in sehr hohem Grade geschlechtlichen Ausschweifungen hingeben müsste, um ernstliche schlimme Folgen (wie Störungen der Monatsreinigung, hysterische oder andere krampfartige Nervenzustände) davon zu haben.

Es ist daher allein des Mannes Sache, sich, so oft er eben will, seiner Gattin ehelich zu nahen. Ebenso christlich als klug handelt das Weib aber auch, wenn es sich, so oft es ihm möglich ist, dem Manne willig und ohne alle Zierereien hingibt, sobald er danach verlangt. Am wenigsten lasse sich aber je das Weib so weit betören, dass es etwa in solchen Augenblicken, wo der Mann ihr zärtlich entgegenkommt, die Andächtige und Heilige spiele. Ein solches abgeschmacktes Verfahren würde jeden ernst und wahr denkenden Mann abschrecken.

So oft bei dem gesunden Manne, vielleicht mitten in dem ernstesten Getriebe des geschäftlichen Lebens, durch die kräftige Füllung des angestauten Samens, ein starker, feuriger Drang zur ehelichen Umarmung erwacht, so soll derselbe, Gottes Ordnung gemäss, ohne alle Bedenklichkeiten befriedigt werden. Unter den angeführten Umständen wird die eheliche Umarmung in jeder Hinsicht wohltätig auf den Mann einwirken. Ein sanfter, fester und erquickender Schlaf wird sich bald nach demselben einstellen, und er wird am folgenden Morgen an Leib und Seele kräftig und heiter, mit besonderer Munterkeit und Lust sein Tagewerk treiben; Appetit und Verdauung wird in guter Verfassung sein und es wird dieses lebenskräftige Wohlbehagen so lange anhalten, bis sich unter den gleichen Voraussetzungen ganz von selbst das Verlangen nach der ehelichen Beiwohnung aufs neue kundgibt. Hiernach werden sich nun leicht anwendbare Regeln über das rechte Mass in der Wiederholung des Beischlafes festsetzen lassen:

1. Hüte dich vor allen künstlichen Erregungen der Geschlechtslust durch wollüstiges Buhlen, durch besondere reizende Speisen und Getränke, oder gar durch zur Wollust reizende Arzneien. Jeder Gedanke, auf diese oder jene Weise die bereits erschöpfte Kraf gewaltsam wieder aufzuwecken, ist als eine Hurerei im Ehestande und als sündliche, strafbare Entweihung desselben zu betrachten.

2. Wiederhole den Beischlaf so oft, als ein unwillkürlicher Trieb in dir erwacht; unterlasse ihn dagegen, wenn der Geschlechtstrieb erst gewaltsam erweckt werden muss und wenn sich das Gefühl der Unlust und Schlaffheit geltend macht.

3. Äusserst schädlich und nervenmörderisch ist es, nach eben stattgefundener Begattung und Samenentleerung sofort zu einem zweiten Akte zu schreiten, beziehungsweise durch Fortsetzung

der Begattungs-Bewegungen eine nochmalige Erregung des Gliedes und Samenentleerung herbeiführen zu wollen. Überhaupt ist die Wiederholung des Beischlafes in einer Nacht selbst bei ganz jungen und kräftigen Eheleuten und im allerersten Anfange des ehelichen Lebens als zweckwidrige und gesundheitsschädliche und darum auch sündhafte und unchristliche Unmässigkeit zu verdammen.

4. Gib darauf Acht, wie du dich nach dem Zeugungsakte leiblich und geistig befindest. Bist du nach demselben, beziehungsweise nach darauf erfolgtem, gesunden Schlafe, heiter, tatkräftig, und zu allen deinen Berufsgeschäften, besondres auch zum Gebete wohl aufgelegt, so hast du das rechte Mass getroffen; ist aber das Gegenteil der Fall, so hättest du den Beischlaf für diesmal unterlassen sollen.

5. Für ältere, schwächliche und kränkliche Leute, wenn überhaupt der Beischlaf noch zulässig ist, wird ein Monat das Mass bestimmen. Für jüngere, aber ebenfalls nicht ganz kräftige Leute würde der Beischlaf etwa alle vierzehn Tage zulässig sein. Für jüngere kräftige Leute würde im Durchschnitt das Lutherische Wort massgebend sein:
«Der Woche zwier,
Macht's Jahr hundert und vier,
Schadet weder mir noch dir».

Da am Anfang der Ehe, selbst eine übermässige Befriedigung der ehelichen Lust nicht sogleich ihre schädliche Wirkung zeigt, so ist es begreiflich, dass ohne ärztliche Warnung der Fehler oft nicht eher bemerkt wird, als bis die üblen Folgen denselben fühlbar machen. Sittlich kräftige Naturen raffen sich von selbst auf, und der Schaden wird durch Enthaltung wieder gut gemacht; aber einige junge Eheleute, besonders junge Ehemänner, erleiden doch während dieser Zeit der sogenannten Flitterwochen einen unersetzlichen Schaden an ihrer Gesundheit, und gar manchen von ihnen rafft nach längerem oder kürzere Siechtum ein früher Tod hinweg.

Junge Eheleute müssen nicht nur die bereits erwachten Triebe beherrschen, sondern auch das unzeitige Erwachen derselben verhüten lernen:

1. Was die bereits erwachte, zur Unzeit reizende Lust betrifft, so sind gewiss nächts anhaltende Gebete das wirksame Gegenmittel.

2. Sehr oft begeben sich aber junge Eheleute mit den besten Vorsätzen des Abends in die Schlafstube, dann aber, bald auf diese, bald auf jene Weise, dennoch an denn Klippen der Unmässigkeit Schiffbruch leiden. Neben der oben erwähnten Hauptregel des anhaltenden Betens haben sich folgende Mittel als hilfreich bewährt:

   a. Man vermeide an den Tagen, wo die Enthaltsamkeit nötig ist, vertrauliche oder zärtliche Unterredungen kurz vor dem Schlafengehen, versage sich überhaupt alle Unterhaltung und begebe sich schweigsam zur Ruhe.

b. Man schlafe, wo möglich, an den der Enthaltsamkeit gewidmeten Tagen in getrennten Zimmern

c. Am besten geht man an solchen Tagen gesondert zu Bette, so dass sich der Mann (oder die Frau) erst zur Ruhe begibt, wenn der andere Teil bereits eingeschlafen ist.

Wer sich mit ernstem Willen an diese Haupt- und Nebenregeln hält und sie strenge befolgt, der wird gewiss bald der grossen Versuchung Meister werden. Von der richtigen Zeit für die Ausübung des Beischlafes

1. Es gibt Personen, welche durch den Beischlaf so sehr aufgeregt werden, das sie nach demselben nur sehr schlecht oder gar nicht schlafen können. Solche Personen, sowie diejenigen, welche den ganzen Tag angestrengt tätig sind, tun besser, wenn sie den Beischlaf des Morgens ausüben . Für alle übrigen gilt die Regel, dass für die eheliche Beiwohnung die Zeit vor dem Einschlafen die richtige ist. Ruhe nach dem Beischlafe ist für beide Teile notwendig, für den Mann wegen der mit dem Zeugungsakte immer verbundenen beträchtlichen Nerven- und Gemütsaufregung, für die Frau für den besseren Erfolg der Befruchtung.

2. Bei Ausübung des Beischlafes am Morgen ist erforderlich, dass derselbe in eine so frühe Stunde verlegt wird, dass danach beiden Teilen noch genü-

gend Zeit zur gründlichem Ausruhen vor der Arbeit bleibt.

3. Bei jungen Eheleuten und manchmal auch bei anderen kann der Fall eintreten, dass der Geschlechtstrieb auch ausserhalb des Ehebettes, d.h. unter Tags, zur Geltung kommt und seine Rechte fordert. Solche Ausnahmen von der Regel haben weiter nichts Bedenkliches an sich, vorausgesetzt, dass sie Ausnahmen bleiben und dass zumindest der Frau nach einem solchen aus der Regel fallenden Zeugungsakte genügend Zeit zum Ausruhen bleibt.

4. Der Beischlaf darf nicht unmittelbar oder kurze Zeit nach einer Mahlzeit, vor allem dann nicht ausgeübt werden, wenn die Mahlzeit besonders reichlich und mit stärkerem Genuss geistiger Getränke verbunden war. Der Umstand, dass sich der Geschlechstrieb bei solchen Anlässen oft mächtig regt, kann durchaus nicht als Grund für die Überschreitung dieses Verbots geltend gemacht werden. Im Zustande der Trunkenheit gezeugte Kinder sind häufig von Geburt an blödsinnig. Ganz abgesehen von der Schädlichkeit des Beischlafes nach grösseren Mahlzeiten und Trinkgelagen ist die Störung der Verdauung als einer der subtilsten Funktionen unseres Körpers nachteilig. Schlemmereien mit einer im Taumel vollzogenen ehelichen Umarmung zu beschliessen, ist einfach tierisch und eine schwere Versündigung an Gott und der Menschenwürde. Wer einer solchen Verirrung anheimfällt, dem ist nicht zu raten und zu helfen.

5. Es kommt bisweilen vor, dass junge Ehemänner, wegen allzu grosser Reizbarkeit, weder des Nachts, noch am Morgen, den Beischlaf vollziehen können, indem entweder das Glied den Dienst versagt oder die Samenentleerung ausbleibt. In solchen Fällen muss die mangelnde Energie der Nerven allerdings durch besondere Nachhülfe angespornt werden, es kann nach einem kräftigen – etwa aus weichen Eiern, Beefsteaks und einem Gläschen alten Ungarweines bestehenden – Frühstück zur ehelichen Beiwohnung benutzt werden. Sollte aber auch dann die männliche Zeugungskraft versagen, so müsste unbedingt ein tüchtiger Nervenarzt zu Rate gezogen werden. Verschiedene Umstände, welche die Ausübung des Beischlafes entweder ganz verbieten, oder diesen nur noch mit Beschränkung zulassen: Dass der Beischlaf kurz nach eingenommener Mahlzeit, selbst bei einem starken Triebe dazu, unterlassen werden muss, ist bereits gesagt.

Dann:

1. Die Zeit, wo die Frau den Monatsfluss hat. Der Beischlaf zu solcher Zeit ist schon im 5. Buch Mose 20.18 als ein Gräuel bezeichnet und mit Todesstrafe belegt.

2. Während der Schwangerschaft. Ja, es ist als Regel angenommen, dass die Frauen während der Schwangerschaft mehr Neigung und Trieb zum Beischlaf haben, als ausser derselben.

Dies im Gegensatz zum weiblichen Tier, das durch Begattung befruchtet worden ist, allen weiteren Trieb zur weiteren Begattung verliert. Das Tierweibchen wird nur zur Brunftzeit zu den Männchen durch blinde, tierische Brunst hingetrieben, und diese Verbindung löst sich in der Regel wieder auf, sobald die Befruchtung erfolgt ist; es verliert die frühere Brünstigkeit und lässt das Männchen nicht mehr zu. Viele Tiere werden auch, wie z.B. die Vögel, welche gepaart leben, in der Brütezeit so sehr angegriffen, dass sie, völlig ermattet und erschöpft, zu einer ferneren Begattung während derselben völlig unfähig sind, indem bekanntlich das Männchen, wie z.B. bei den Tauben, an dem Brüten teilnimmt, oder doch das Weibchen während der Brütezeit mit Futter versorgt.

Andere Tiere leben, wie z.B. das Hühnergeschlecht, in Vielweiberei, so dass also das Männchen, welches an dem Brüten keinen Teil nimmt, von der Natur auf die Befruchtung seiner anderen Weiber angewiesen ist. Alles dies fällt in der menschlichen Ehe weg. Nicht bloss das entartete und verweichlichte, sondern auch das an Seele und Leib wohlgebildete menschliche Weib verliert in der Schwangerschaft den Trieb zum Beischlaf keineswegs, ja dieser wird in der Regel stärker als vorher. Ebenso ist der Geschlechtstrieb des Mannes während der Schwangerschaft des Weibes nicht im mindesten beschränkt oder aufgehoben. Auch in der Schwangerschaft werden nach Gottes Ordnung Mann und Weib auf vielfache Weise zur ehelichen Lust erregt werden, damit die Ehe der Christen auch in dieser Zeit ihre paradiesische Urwürde als Verbindung Eines Mannes und Eines Weibes zu Einem Fleische wieder erlangt. Die Zulässigkeit der Begattung während der Schwangerschaft ist entschieden zu bejahen, weil aus christlicher Gattenliebe der Mann nur ein Weib, also Fleisch vom eigenen Fleische, lieben und ehren kann, durch seine Natur aber zur Vielweiberei hingetrieben würde, wenn er während so langer Zeiträume wie die Dauer der Schwangerschaft einer ist, von dem ehelichen Umgang mit seinem angetrauten Weibe sich enthalten müsste; und weil eine aus falscher Heiligkeit hervorgehende Übung solcher Enthaltsamkeit zu den gefährlichsten Schwärmereien führen kann. Dieses meint denn auch der Apostel Paulus, wenn er den Eheleuten ratet, eine wechselseitig angenommene Enthaltung nicht zu weit zu treiben, weil sie sonst leicht durch den Satan könnten überlistet werden. (1. Kor. 7, 5)

Wochenbett: Nur einem halb oder ganz entmenschten, schmutzigen Trunkenbolde könnte es wohl einfallen, den Beischlaf mit der Frau zu üben, so lange sie noch Kindbetterin, ihre Wochenreinigung also noch nicht vorüber ist.

Von dem Verhalten vor und nach dem Beischlafe:

Die Absicht und Ausübung desselben wird nicht lange vorher gefasst, sondern zeitlich so ziemlich mit der Ausübung selbst zusammenfallen. Nach kurz vorausgegangenen Gemütsbewegungen, sowohl freudiger als niederschlagenden Art, sollte der Beischlaf selbst dann unterbleiben, wenn der Trieb dazu sich in gehöriger Stärke regt. Bei vollem Magen, also während der Verdauung, muss er ebenfalls unterlassen werden, und es ist daher von grosser Wichtigkeit, dass die Abendmahlzeiten nicht kurz vor dem Schlafengehen gehalten werden. Nach Festmählern und Trinkgelagen ist unbedingt die vollständige Ernüchterung abzuwarten; denn der Körper hat vollauf genug damit zu tun, sich von den Zumutungen zu erholen, die an seine Verdauungskraft bei solchen Anlässen gestellt werden. Auch nach Bällen, Fusspartien und länger andauernden Eisenbahnfahrten gönne man sich erst gründliche Erholung.

Nicht minder wichtig ist das Verhalten nach dem Beischlafe: Bei der Frau kann ein rasches Emporspringen vom Lager, daselbst das blosse Aufrichten von demselben, auch eine bald nach dem Beischlaf folgende Harn- oder Darmentleerung (letztere besonders dann, wenn sie mit einiger Anstrengung verbunden ist), kann sehr leicht den Zweck des Zeugungsaktes vereiteln. Der Mann hat nach vollzogenem Beischlafe weiter nichts zu tun, als sich der Ruhe und dem Schlafe zu überlassen.

Die Frage ist, ob eine Person ihren Gesundheitsverhältnissen nach zum Eintritte in den heiligen Stand der Ehe tauglich und berechtigt ist.

Das Vorleben, betrifft vornehmlich Männer: Solche die Onanie, also Selbstbefleckung getrieben haben oder solche, die ein allzu durstiges Studentenleben geführt haben, sollen das Heiraten verschieben.

Allzu frühzeitige Verheiratung ist für Mann und Weib gleich schädlich. Das Aussterben der Indianerstämme Amerikas wird hauptsächlich dem frühen Heiraten zugeschrieben. Bei Frauenzimmern schafft die Impotenz allgemach den Typus der alten Jungfer mit seinen körperlichen und seelischen Unschönheiten und Gebrechen. Ledige Männer an der Schwelle der Fünfziger und Mädchen über 36 Jahre sollten darum sich selbst und dem andern Teil zuliebe das Heiraten lieber ganz sein lassen.

Ebenso gefährlich und verderblich, wie vor völlig erlangter Geschlechtsreife, ist die Ausübung des Beischlafes im Greisenalter.

Ein vertrockneter Junggeselle heiratet nicht mehr oder macht sich selbst zum Narren, wenn er's tut; ein in Sünden grau gewordener Wüstling nimmt sich höchstens eine Frau, um eine Krankenwärterin zu haben. Ein alter Mann sollte schon aus Achtung vor sich selbst und um seiner eigenen Erhaltung willen den Abschluss einer Ehe mit einer jüngeren Frauenperson unterlassen. Die Verheiratung junger Mädchen mit alten Wüstlingen ist ein widerlicher, verdammenswerter Menschenfleischhandel, da es sich dabei von Seite der Braut in allen Fällen nur um das liebe Geld handeln kann. Man zeige mir nur einen einzigen Fall auf, dass ein reiches Mädchen aus Liebe einen armen, alten Mann geheiratet hat. Der augenblickliche allgemeine Gesundheitszustand zählt:

Schwächliche, blutarme, sehr reizbare, nervenkranke Personen, Rekonvaleszenten nach schweren Krankheiten, Krüppel, Buckelige, solche die an einem ekelhaften Gebrechen leiden (wie z.B. Gestank aus dem Mund, Nase, Ohren, hochgradiger Fussschweiss), Mondsüchtige und Epileptische (Fallsüchtige) sollen überhaupt nicht, oder erst nach vollständiger Heilung heiraten.

Die moderne Wirtschaftslehre hält grosse Stücke auf die Stammregister für Rennpferde und Rindviehrassen, welche auf Erzielung reiner und und edler Stämme hinwirken; die moderne Wissenschaft weiss uns alles Mögliche zu erzählen von Zuchtwahl, Vererbung und Anpassung; Kunstgärtner, Hühner- und Taubenzüchter bilden sich nicht wenig ein auf ihre Geschicklichkeit, die unglaublichsten Spielarten willkürlich herzustellen; aber um eine richtige, zweckmässige, veredelnde Menschenzucht bekümmert sich niemand, und der Staat, der das nächste und höchste Interesse an der Erhaltung der Volkskraft und Volksgesundheit hat, lässt das «skrophulöse Gesinde»* sorglos weiterzüchten und trägt durch diese schwere Unterlassungssünde mit Schuld daran, dass die Kulturrasse immer mehr und mehr leiblich und geistig verkümmert und die «Decadence» (der Verfall) nun schon zu einem Modeartikel im geistigen und Kunstleben geworden ist – es werden konnte und musste, weil einem Pygmäengeschlechte eben nur ein Pygmäengeschmack zusagt.

Prof. Leo, einer der hervorragenden Vertreter der reaktionären Regierungspolitik in der nachmärzlichen Zeit, schrieb 1853: «Gott erlöse uns von der europäischen Völkerfäulnis und schenke uns einen frischen, fröhlichen Krieg, der Europa durchtobt, die Bevölkerung sichtet und das skrophulöse Gesindel zertritt, das jetzt den Raum zu eng macht, um noch ein ordentliches Menschenleben in der Stickluft führen zu können.»

Der Herr Professor hat nicht einmal die nächstliegende Folgewirkung seiner hirnverbrannten Heiltheorie ins Auge gefasst, nämlich die, dass in einem grossen Kriege gerade die gesundesten Volkselemente

zum Kanonenfutter werden, wogegen das «skrophulö-
se Gesinde» hübsch zu Hause bleibt!

Zur Ehetauglichkeit zählt schlussendlich und im besonderen die Beschaffenheit der Geschlechtsorgane. So habe ich z.B. aus meiner Arztpraxis einen bildschönen, kerngesunden jungen Mann gekannt, der im Feldzug 1870 (Deutsch-Französischer Krieg Red.) das Unglück hatte, durch einen Streifzug eine, an sich unwesentliche Verwundung der Eichel zu erleiden. Die Heilung ging rasch von statten, doch bildete sich infolge der Vernarbung eine wulstartige Missbildung des übrig geblieben Teiles der Eichel, welche sich dergestalt vor die Mündung der Harnröhre schob, dass der Urin nicht mehr in gerader Richtung ausfliessen konnte, sondern in einzelnen Strahlen nach seitwärts und rückwärts entwich. Die Beseitigung dieses Übelstandes hätte eine umfangreiche Operation erfordert, durch welche das Glied völlig verstümmelt worden wäre. Der junge Mann verheimlichte seiner Verlobten und allen andern das Unglück, das ihm widerfahren war. Schon war der Hochzeitstag festgesetzt und nahe herangerückt.

Als Arzt erklärte ich dem jungen Mann, seine Braut würde zwar in der Hochzeitsnacht ob der besonderen Form der Eichel nicht erschrecken, da sie eine gesunde noch nie gesehen habe, durch die eigenartige Verstümmelung derselben würde der Samen jedoch nach rückwärts ausgestossen, sodass sie trotz seines steif werdenden Gliedes unfruchtbar bliebe. Der Beklagenswerte war ganz gebrochen und verliess mich wie einer, der alle Lebenshoffnung aufgegeben hat.

Aber sein Gewissen war geweckt; zwei Tage vor der Hochzeit erklärte er dem Vater der Braut seinen Rücktritt und die Ursache desselben und verliess zur gleichen Stunde die Stadt. Was aus ihm geworden ist, weiss ich nicht; die Braut war sehr unglücklich, hat sich indes seither mit einem Andern verheiratet, der eine normale Eichel hatte.

Ich habe in diesem Falle mit Erfolg als Hausarzt gehandelt, die sogenannten «Frauenkrankheiten» bilden einen besonderen und sehr umfangreichen Abschnitt der Heilkunde, und ihre Heilung (oder Nichtheilung) beschäftigt Legionen von sog. « Frauenärzten», die als gesuchte Spezialisten sehr viel Geld verdienen, aber im ganzen sehr wenig helfen können.

Von der Selbstwahl des Geschlechtes der Kinder

Schon Hippokrates schrieb dem kräftigeren Samen die Erzeugung einer männlichen, dem schwächeren die einer weiblichen Frucht zu. Das menschliche Ei sucht nach dieser Theorie unter allen Umständen das Geschlecht der Mutter durchzusetzen und der männliche Samen muss daher an Kraft entschieden überlegen sein, um dem Geschlecht seines Erzeugers zum Siege zu verhelfen. Professor Bocks Regel ist diese:

Um Knaben zu erzeugen, muss der Beischlaf nur selten (alle zwei Wochen) ausgeübt werden, während zur Erzeugung von Mädchen eine häufigere Beiwohnung (etwa 5 mal die Woche) erforderlich scheint. Die oft beobachtete Tatsache, dass das erstgeborene Kind eines jung verheirateten Paares ein Mädchen ist, scheint für diese Theorie zu sprechen, da im Beginn der Ehe die Beiwohnung gewöhnlich weit häufiger stattfindet als später.

Die heutige Theorie lautet: Die männlich veranlagten Keime befinden sich im rechtsseitigen, die weiblich veranlagten im linksseitigen Hoden und Eierstock, eine Annahme, die nicht nur durch zahlreiche Tierversuche, sondern auch durch ärztliche Beobachtungen am Menschen bekräftigt erscheint.

Der französische Arzt Millot fand diese Ansicht wissenschaftlich begründet und forderte, dass das Weib, um ein bestimmtes Geschlecht zu zeugen, während des Zeugungsaktes das Becken in eine nach der Seite des zu befruchtenden Eierstockes geneigte Lage bringe. Eine solche Lage wird sich aber von selbst ergeben, wenn die eheliche Umarmung von der Seite her erfolgt, auf welcher der zu befruchtende Eierstock gelegen ist, also wenn ein Knabe erzeugt werden soll, von der rechten, wenn die Frucht weiblich werden soll, von der linken Seite her. Mit anderen Worten: Wenn der Mann sein Bett rechts neben demjenigen der Frau stehen hat, oder wenn das Bett der Frau mit der linken Flanke an der Wand steht, so dass der Mann seinen ehelichen Besuch von der rechten Seite her abstatten muss, so wird die Zeugung eines Knaben, im umgekehrten Falle die Zeugung eines Mädchens begünstigt.

Mit Millot stimmen mehrere Ärzte unserer Zeit überein, so namentlich der Kais. russ. Staatsrat Dr. Ed. Seligson*.

*Seligsons Vorschrift lautet wörtlich: «Um eine Knaben zu zeugen, muss der Mann rechts von seiner Frau lie-

gen, von dieser Lage aus die Umarmung beginnen und womöglich die rechte Seite des Oberkörpers dadurch spannen, dass der obere Teil des Leibes mehr nach links zu liegen kommt, also der Kopf auf die rechte Schulter der Frau gestützt. Um ein Mädchen zu zeugen, muss der Mann links von der Frau liegen und von dieser Seite aus die Umarmung beginnen, wobei darauf zu achten ist, dass die linke Körperhälfte mehr nach rechts, also der Kopf des Mannes auf die linke Schulter der Frau zu liegen kommt.»
(Anm.: Bei Installationsproblemen IKEA anrufen).

Studien haben ergeben, dass das Geschlecht der Kinder wechselte, wenn das Ehepaar auf Reisen ging, d.h. die Betten anders zur Wand standen. Die Angaben Seligsons veranlassten mich, mein eigenes Eheleben aus diesem Gesichtspunkte einer Prüfung zu unterziehen, und zu meiner Überraschung fand ich, dass das nach der Altersreihenfolge ziemlich bunt abwechselnde Geschlecht meiner Kinder (2 Mädchen, 3 Knaben, 1Mädchen, 2 Knaben) ganz genau jenen Angaben, d.h. der Stellung der Betten in den verschiedenen Wohnungen, entsprach.

Mögen ältere verheiratete Leser meines Buches nun auf Grund ihrer eigenen Erfahrung ermitteln, inwieweit sie meine Anschauungen zutreffend finden.

Neuedition bei KINDLER
Heel Klassik

Pastoraltheologie
Prof. Dr. Theol. Stolz, 1876

Das weibliche Geschlecht ist nicht nur dem Körper
nach, sondern auch geistig schwächer als das männliche Geschlecht, daher ist es nicht nur eine seltene
Ausnahme, sondern gewissermassen eine Unnatur,
wenn ein Weib in Kunst oder Wissenschaft etwas
Bedeutendes leistet.

Sex in der Postmoderne
1969
Die Liebe auf den ersten Blick
ist ein coup de foudre,
wie die Franzosen sagen.
Eros
der Sohn von Venus und Mars
ein halbwüchsiger nackter Knabe
schiesst herum mit seinem Bogen.
Wie ein Blitz trifft sein Pfeil
seine Auserwählten.
Ob die sich vorher kannten oder nicht,
ist ihm völlig egal.
Meistens schiesst er auf Fremde,
zur Auffrischung des Blutes.
Nach Eros' Pfeilschuss
ist die Annäherung der Getroffenen
schnell und brutal.
Wenn ein Ehemann nach 30-jähriger Ehe
in dem Masse
und aus dem Nichts heraus
mit heruntergezogenen Hosen

plötzlich über seine Frau herfiele,
würde diese zu ihm sagen:
Spinnst du?
Eros' Angeschossene küssen und
umarmen sich sofort
so schnell es geht.
Sie werden schwach auf den Beinen.
Sex unterliegt der Schwerkraft
nichts anderem.
Die neuen Liebhaber, die sich noch gar nicht kennen
durch einen Blattschuss im Herzen getroffen
fallen hin
wie Angestochene im Schlachthaus.
Egal wo sie sich befinden
fallen sie hin
auf eine Matratze
wenn's gut geht.
Alle Matratzen in den Schlafzimmern
sind lediglich da,
um solche Stürze aufzufangen.
Wenn Eheleute in den Pauschalferien in Spanien ins
Strandhotel einziehen, erkundigen
sie sich zuerst nach den Matratzen.
Wenn's aber überraschend kommt
 wie ein Donnerschlag
passieren diese Stürze auch schon mal ohne Matratze
ausserhalb der Schlafzimmer.
Auf hartem Boden.
In einer Putzkammer.
Einer Toilette.
In freier Natur beim Joggen.
Beim Hunde Gassi führen vor dem Schlafengehen.

Nachbartreffen auch mit Hund. Sie bindet ihren Pudel
an den nächsten Laternenpfosten. Sei schön brav, Bel-
lo! Mami ist in 5 Minuten wieder da.
Am Golfplatz... beim letzten Loch.
Beim Sonntagsspaziergang im Wald.
Ob's regnet oder schneit, egal.
Ein heftiges Gewitter mit Blitz und Donner,
um so besser.
Den Beteiligten wird immer heiss dabei,
keine Zeit die Kleider mühsam aufzuknöpfen und im
Schrank ordentlich aufzuhängen.
Diese werden runtergerissen.
Tempo. Tempo.
Kleider, die länger gehen, werden anbehalten:
wie Krawatten
Korsetts
Nylonstrümpfe
und Wanderschuhe
oder im Winterurlaub die Schischuhe.
Die Ausgezogenen umklammern sich
wie Alpinisten vor dem freien Fall.
Nach dem Sturz, soweit dieser ohne Verstauchung passiert,
hat die Liebe,
dieses uns von Gott geschenkte grosse Gefühl
der himmlischen Perfektion und der Unendlichkeit
verloren.
Sex kommt immer vor der Liebe.
Das im Paläolithikum
vom kenianischen Menschenaffen
stammende Grundhirn
des heutigen Homo sapiens sapiens

löst einen Feuersturm
an Starkstromimpulsen aus
durch den ganzen Körper.
Der Leib fängt zu zittern an
und sich manisch rhythmisch
zu bewegen,
zu schütteln quasi
wie beim Veitstanz.
Es ist der Elvis-Presley-Beckentanz:
Babaloo-Baby...
Bangg-Bangg.
Sprunghafte Steigerung
von Herzschlag
und Blutdruck
dann die Blutleere im Kopf der Frau
das rote Gesicht beim Mann
der sich ja sonst nicht viel bewegte.
Die Ausschüttung der Schweissdrüsen.
All das können heute die Neurologen des
Max-Plank-Instituts
mit elektrischen Impulsen
bei Kaninchen auslösen.
Diese für Laien komplizierte Bewegungen
ein Kind zu machen
(zur Fortpflanzung, Darwin)
und die diversen Techniken dazu
sind im Kamasutra im Detail beschrieben.
Mit Bildern
für die Analphabeten.
Die Missionarsstellung der Missionare in Afrika.
Die Löffelposition der Köchin beim Kochen.
Der einfache Lotus für Yogakursanfänger.

Die Lustige-Nonne-Stellung.
Affe-Löwe-Rhinozeros.
Gartenstuhl-Stellung.
Sonnenaufgang-im-Winter mit Kamel.
Die Kanne.
433 Stellungen für die Inder,
432 für die Araber
(eine Position ist auf arabisch nicht übersetzbar).
Die eingeübten Stellungen sind an sich wichtig.
Die Dynosaurier kannten keine Stellung.
Sie haben sich ungestüm und brutal
schwerfällig eigentlich
übereinander geworfen, nicht wissend,
was das ganze sollte. Es musste schlecht ausgehen,
wie ein jeder weiss.

Eine im indischen Kamasutra nicht beschriebene Technik ist der *Chinesische Schlitten*, der von den Professoren auf allen Weltkongressen der Sexopathen als feinste 3-Sterne-Technik empfohlen wird um das EDEN der Glückseligkeit unser aller Ziel zu erreichen. Den Chinesischen Schlitten praktizieren ist natürlich einfacher, als ihn im Aufbau wörtlich zu beschreiben. Wie Sie wissen, ist es schwieriger den Beipackzettel eines IKEA-Möbels zu verstehen als den Schrank einfach selber zusammenzuschrauben.

Aus der Entfernung gesehen ähnelt der Sitz wohl einer Schlittenfahrt, in der Tat handelt es sich jedoch um eine Fahrt ohne Schlitten. Das Wort kommt aus der chinesischen Zirkussprache. Es geht nämlich um die akrobatische Verknorkselung der Körper, die durchtrainierte Akrobaten der Pekinger Zirkusschule sogar auf einem gespannten Drahtseil vollführen können. Ungeübte jedoch, ohne eine Muskelverzerrung nur unter Wasser zu Stande bringen. Es gibt Verkehrsregeln wie beim Autofahren. Probieren Sie's zuerst mal in der Badewanne aus. Die Annäherung des Mannes geschieht von hinten, so dass die Frau nichts kommen sieht und sich dementsprechend auch nicht wehren kann. Die Körperachse der Badenden stimmt mit der Längsrichtung der Badewanne überein (quer zum Bad ist nur für Fortgeschrittene).

Die Knie der Teilnehmer sind um 90 Grad Celsius angewinkelt und um 45 Grad gespreizt. Beide Nacken stehen steif nach vor. Die Köpfe senkrecht. Der Mann schiebt den Schlitten an und schon beginnt die Talfahrt

durch die weite schneebedeckte Tundra
wo kein Mensch mehr wohnt weit und breit
im Höllentempo über die Schneefelder rasend
unter dem gelben türkischen Halbmond
der von weither im Nachthimmel strahlt
wie in 1001 Nacht
Sindbad der Seefahrer
auf dem weiten Meer
der Zeit

Derartige Sturzflüge in den Sternenhimmel hinein ins All wo Gott sitzt macht natürlich eventuelle Zuschauer und Zeugen eifersüchtig und wütend.

Als Hiob vor dem Mittagsbrot nach Hause kam, so steht's im Alten Testament, sah er seine Frau Sarah vornübergebeugt am Kochherd stehend die Suppe rührend vom Nachbarn von hinten genommen (Löffel-Stellung am Kochherd). Hiob wurde als er das sah sofort eifersüchtig und zertrümmerte die Küchenein-richtung. Sarah schaute ihn an, rührte weiter in der Suppe, damit diese nicht anbrannte, und sagte:

– Wenn du früher nach Hause kommst, musst du mir das vorher sagen.

Dies nennt man seither eine Hiobsbotschaft.

Weitere Botschaften aus dem Milieu

ERASMUS

Das Austauschjahr für EU-Studenten ist fruchtbar, es hat bis jetzt über eine Million Babys gebracht. (Mit-teilung der EU-Bildungskommission).

RECHTSLAGE IN ITALIEN

Ein 50-jähriger Ehemann war vom Berufungsgericht Venedig in zweiter Instanz verurteilt worden, weil er seine Frau vermehrt vergewaltigt habe. Der Oberste Gerichtshof in Rom hob die Verurteilung auf. Der An-geklagte hatte im Revisionsverfahren nämlich vorge-bracht, seine Frau nur stets dann vergewaltigt zu ha-ben, wenn er unter Alkoholeinfluss stand, nüchtern wäre es nie zum sogenannten Geschlechtsverkehr ge-kommen. Das Kassationsgericht in Rom forderte von Venedig, das Verfahren neu aufzurollen, da die mil-dernden Umstände eines alkoholisierten Ehemannes nicht berücksichtigt worden wären.

Eine Amerikanerin liess sich von einem Schönheitschirurgen aus Virginia eine dritte Brust einbauen.
Das Resultat war scheinbar sehr schön und wurde
gelobt von allen, dies gesehen hatten.

ALPENSEX SCHWEIZ

Der junge Briefträger klettert in aller Herrgottsfrühe
eine Alp hoch, den Ziegenpfad, um einen Liebesbrief
zuzustellen. Die Schweizer Post hat sich selbst ver-
pflichtet, einen Brief, der abends vor 19 Uhr in irgendeinem Schweizer Briefkasten eingeworfen werde, sei
es auch im Eigental, lande tags darauf beim Empfän-
ger, sei es noch am verlassensten Platz der Eidgenos-
senschaft. Seit Grossvaters Tod tröstet der junge Briefträger die unschuldige und lammfromme Alptochter,
die nun allein im hohen Berge und fast verwahrlost
von Schaf- und Ziegenkäse und ein paar Liter Rohmilch
am Tag leben muss, was ist das alles für ein karges
Leben!

Die Alpheidi sass am kleinen Ziegentisch in der
Ecke, wo sie einem Zicklein die Brust gab. Sie hatte
zwei schöne grosse Brüste. Der Alpöhi, ihr Grossvater
– ihre Eltern waren schon lange in die Stadt gezogen –
war letzten Sommer mit einem Fuder Heu am Buckel
den schroffen Abhang hinunter ins Tal gefallen, gerade an dem Aussichtspunkt, den er kannte, wo die An-
fängerbergsteiger aus dem Flachland und die Hollän-
der die Direttissima ins Tal hinunter nehmen.

Weil der sehr junge Briefträger nach dem steilen
Aufstieg durstig war, gab ihm das Alpmädchen die
freibleibende Brust und nährte ihn. Mancher Hob-

by-Flachlandbergsteiger war in der Früh, noch bevor die Sonne richtig auf war, die 700 Meter ins Tal gestürzt, so wie Heidis' Grossvater auch. In den Mussestunden, wenn alle Zicklein gestillt waren, las Heidi Bergliteratur, hohe Literatur also, 1600 Meter über dem Meeresspiegel, über das Sein in den Bergen von Heidegger. Sie fühlte sich geworfen in die Berge und wusste nicht genau, was sie damit anfangen sollte. Heidi las den Liebesbrief laut vor, dann steckte sie ihn in die untere Schublade der grossen Standuhr, wo sie alle Liebesbriefe, die der noch junge Briefträger ihr schrieb, stapelte. Beim Verlassen der Alp rief Heidi ihm nach, er solle ihr morgen Salz und eine grosse Gurke mit raufbringen. Beim Hinunterwanken ins Tal dachte der junge Briefträger nach. Sollte er die blutjunge schöne Älplerin, die in dieser Höhe vor fremden Männern geschützt war, heiraten oder nicht heiraten, das war hier seine Frage.

In die Höhe ziehen, wo die Luft rein war, zur Ziegenhirtin, die ihre dreissig Ziegen und Zicklein nicht verlassen konnte, oder ewiger Junggeselle im Tal bleiben? Er fühlte sich hin und her geworfen wie Heidegger, von dem Heidi ihm jeden Tag erzählte. Er wusste nicht, wie entscheiden, er fühlte sich immer auf die Alp hinaufgezogen, und wenn er wieder hinunterstieg, schlotterten ihm die Knie, schade dass Heidegger schon tot war, er hätte ihn gerne gefragt. (Anm. der Redaktion: Heidegger hätte geantwortet: Unten bleiben und einmal täglich raufgehen).

BENN GOTTFRIED

Arzt und Dichter

Männer wollen von einer Frau nicht am Gehirn berührt werden, sondern ganz woanders.

ORALVERKEHR

Frage an den Spezialarzt ORL im monatlichen Krankenkassenjournal: Wie lange muss ich nach einer Mandeloperation mit dem Oralverkehr warten?

SEX AUF DEM CAMPUS

In den amerikanischen Universitäten kommt es immer öfter zu sexuellen Übergriffen. Die Reform der Universitäten, die neuen Richtlinien zum «konsensualen Sex», erstellt durch hausinterne Akademiker und Bürokraten, lauten: «…auf dem Pfad hin zu einer körperlichen Vereinigung ist das mündlich abgegebene Einverständnis des Partners für Berührungen, Küsse und schliesslich für die Penetration einzuholen».

TUCHOLSKY KURT

1931

Gegen das Deutsche Reichspatent Nummer 678 456 (Männerhosen mit Reissverschluss) hat der Verband der Deutschen Kinobesitzer Protest eingelegt, weil er eine Störung seiner Vorstellungen befürchtete.

Warum heiratet die eigentlich nicht? Sie ist doch geschieden.

ORGASMUS

Mit ihm war ich ein paar Sekunden weg im All aufgelöst schwerelos auf den Kopf gestellt der Kopf nach unten die Beine und die Arme ausfahrend nach oben ins endlose Universum hinein

SEKUNDEN DIES IN SICH HABEN
Der Liebesakt hat sicher was mit Religiösem zu tun, sagte Margarethe später zu ihrer Entschuldigung: der ruhige Blick, der starre programmierte Ablauf der mechanisierten Bewegungen

EPIKTET
Das eine steht in unserer Macht, das andere nicht.

Sex in der modernen Literatur
Prof. Bernhard Schlink
Autor «Der Vorleser»
in seinem neuesten Buch: «Sommerlügen»: Es klappte schon beim ersten Mal, er kam nicht zu früh, und sie kam auch, und bis zum Morgen gab er ihr, was ein Mann einer Frau geben kann.

TÜRKISCHER HALBMOND
Erdogan fordert, dass die Frauen in der Öffentlichkeit nicht mehr lachen sollen, die Sittsamkeit sei ein hohes Gut, das gepflegt werden müsse, es drohe die Verrohung der Sitten. Wo sind, fragt er, die Mädchen, die errötend die Augen niederschlagen, wenn sie ein Mann anschaut?

Europäischer Gerichtshof
Sexprobleme XY ungelöst

FALL I

Ein westschweizer Priester beging bis 1992 sexuellen Missbrauch in einem katholischen Internat an Knaben in 52 Fällen. Der Priester war geständig. Die Staatsanwaltschaft stellte die Untersuchung wegen Verjährung ein.

In der Schweiz verjähren Sexualdelikte nach 7 Jahren. Der Bischof von Lausanne versetzte den pädophilen Theologen in ein anderes Internat.

Die Medien berichteten über den Fall. Der betroffene theologische Dozent klagte vor Gericht wegen Verleumdung und blitzte in letzter schweizerischer Instanz vor dem Bundesgericht ab. Der EGMR (Europäischer Gerichtshof für Menschenrechte) korrigierte Okt. 2014 das Urteil: Der Ruf des Priesters sei durch die Veröffentlichung seiner Taten in der Presse ernsthaft geschädigt worden. Die Schweiz wurde in letzter Instanz zu einer Schadenersatzzahlung von 12 000 Euro und 15 000 Euro Gerichtskosten verurteilt. Das Bistum Lausanne bestrafte ihren Professor aller Taten zu einer symbolischen Strafe von CHF 1.

FALL II

Die vorausgegangenen Urteile gegen einen Exhibitionisten vom Europäischen Gerichtshof Okt. 2014 (selber Tag wie obiger Fall) werden bestätigt: 7 Jahre Gefängnis.

Der 55-Jährige hatte 2003 vom Südwesten Englands aus bis zur Nordspitze Schottlands 1340 km nackt erwandert.

Vagina

Jede gute Religion basiert schlussendlich auf einem theologischen Grundsatz, dem grossen Geheimnis der Vagina. Und einem speleologischen: wie eng darf sie zugenäht werden?

Eine Frau aus der New Yorker High Society liess sich von einem Schönheitschirurgen aus Virginia eine doppelte Vagina einbauen. Das Resultat war sehr schön und wurde von allen gelobt, dies erprobt hatten.

Sex und Religion

Das Schönste
was Gott jemals erschaffen hat,
schöner als die Sterne am Himmel
ist Eva.
Er hatte bereits Adam gemacht
wusste wie's grundlegend geht,
und legte für Intelligenz und Schönheit
noch eins drauf.
Um sich die lästigen Probleme des Mannes
zu ersparen,
Adams Hang zur Masturbation,
liess er bei der Frau diese Stelle einfach weg.
An diesem Ort ein unscheinbares Dreieck
so wie er es kannte.
Eine Falle?
Das sogenannte Bermudadreieck.
Ein geheimnisvolles Gestrüpp
in das man eintaucht und verloren geht.
Das CIA behauptet heute noch

dass im Bermudadreieck
ganze Flugzeuge samt Mannschaft
verloren gingen,
sie konnten selbst am Radar
nicht mehr geortet werden.
Zu den Verschollenen der Bermudas
gehören auch die Ehemänner,
die Zigaretten kaufen gingen.
Sogar fremde Liebhaber
sind plötzlich verschwunden gewesen.
Das Dreieck zieht an
von weit
es ist der unwiderstehliche Sog
der schwarzen Löcher.
Als Odysseus an der Sirenen-Insel vorbeisegelte
liess er sich von seinen Seefahrern,
denen er die Ohren mit Wachs zugestopft hatte,
an den Schiffsmast festbinden.
Als dieser Sog
das Gestöhne der Sirenen lauter wurde,
riss er die Stricke los
und zehn Männer mussten ihn halten
bis der Spuk vorüber war.
Als Gott im Paradies dem Adam
die nackte Eva vorstellte,
sie ihm einen Apfel hinhielt,
er ihr eine Banane,
eine Sache von Früchten,
hätte Gott den Adam sofort an die nächste
Palme anbinden müssen,
mit Seemannsstricken
festzurren

und ihn nie mehr loslassen.

Wir wären heute noch im Paradies.

Die Geschichte der Menschheit wäre anders verlaufen.

Die Erbsünde erspart geblieben.

Nicht nur sie ist jedem von uns mit der Geburt gegeben
sondern auch der sichere Tod.

Dieser ist natürlich die schlechteste aller
Überlebensstrategien.

Die Büchse der Pandora
die Verführung
war geöffnet,
die Katze aus dem Sack gelassen.

Die Geschichte der Menschheit verlief nun
wie wir sie aus dem Religionsunterricht kennen.

Eva war nicht mehr jungfräulich.

Gott machte ihr als ersten Sünderin den Vorwurf,
den Mann verführt zu haben.

Adam aber machte, als wisse er von nichts
und lief im Garten herum.

Eva erkannte ihre grosse Schuld:
Die SCHAM war geboren.

Wir Gläubigen dieser Welt
müssen das Übel an der Wurzel packen
und ausreissen.

Die Scham wird beschnitten
am besten mit einer Rasierklinge,
die man mehrmals gebrauchen kann,
und dann zugenäht mit einem Seidenfaden.

Der kleine Eingriff ambulant
am besten bei 10-Järigen oder vorher.

Alle 10 Sekunden wird auf dieser Welt ein Mädchen
genitalverstümmelt.

Schmerzmittel sind nicht nötig,
die Mutter hält die Hand.
Der nackte Frauenkörper
schreit ja praktisch nach Vergewaltigung.
Das muss man sagen.
Aber eingekleidet und farblos in Schwarz
verstecken wir das Objekt der Begierde.
Auf der Strasse dreht sich niemand mehr um nach
der eingesackten Frau,
dem schwarzen Kegel,
ausser mal Passanten
oder chinesische Touristen, die sich fragen:
Was ist denn das?
Bei der Burka ist nur die Augenpartie ein Problem.
Ein kleiner Augenspalt muss naturgemäss
offenbleiben.
Irgendwie.
Ein Nachteil der eingeschränkten Sicht:
Beim Überqueren der Strasse laufen die
Frauen vermehrt
unter ein Auto
einen Mercedes
oder in ein Kamel.
Dann hat der Scheich eine Frau verloren
und es bleiben ihm nur noch fünf.
Eine weitere Schwachstelle des Augenschlitzes
ist offensichtlich:
Die Frauen können selber in die Welt hinaus schauen
und ihr Blick könnte einen fremden Mann
treffen wie Eros' Pfeil
120 Peitschenhiebe
auf den nackten Rücken

und darunter.
Falls die Frau den Liebhaber aufsuchen sollte,
kriegt sie eine Steinigung.

Jesus sagte in der Bergpredigt
dasselbe wie Buddha unterm Baum:
Alle Religionen sind vaginalfixiert
extrem frauenfeindlich
und sonst gar nichts.
Gibt es noch Fragen aus dem Publikum?
Ja!
Hier!
Was Sie da behaupten ist falsch.
Eigentlich machen Sie sich lustig über die Gläubigen.
5 - 6 Milliarden Menschen, Christen und Muslime zu-
sammengezählt, glauben an diesen einen Gott.
Also muss es ihn geben.
Denn zwei Drittel der Menschheit kann sich wohl
nicht irren.

GEDICHT
de Sade nachgesagt
Missachte die Vagina
und hau auf sie
drauf
beschneide sie
nähe sie zu
misshandle und vergewaltige sie
Die Scheide ist die
Todsünde
ein dunkles
schmieriges

übel
riechendes Sumpfloch
eine
Fotze
deren Trägerin
kein Mann ist

ERSAMUS VON ROTTERDAM
Jesus muss bei seiner Geburt eine Kopfgeburt gewesen
sein, denn laut offizieller Schrift ist seine Mutter Maria Jungfrau geblieben.

III. Die Sache mit der Religion

BIG BANG
Eine Divina Commedia über die sogenannt letzten Dinge, die Himmel und Hölle vereinigen.
Raumstation im Weltall. Gottvater am Computer. Die Taube in einem runden kuppelförmigen Drahtkäfig.

GOTT
am Computer, der auch mal Geräusche und Rauch von sich gibt, den die Missionsschwestern der Weissen Patres Gottvater als Geschenk vermacht hatten, als die Belgier 1960 aus dem Kongo geworfen worden waren und als Einhändige so oder so die riesige Maschine, 5/3/2 Meter gross,nicht mehr bedienen konnten, fluchte entsätzlich
Merde!!!
Mon Dieu!!!
lehnt sich zurück in den Lederohrensessel, Flohmarkt Provence

TAUBE
Bist eingeschlafen?

GOTT
Nein.
Gott schläft micht.
Nie richtig.
Er braucht das nicht.
Er hat nur die Augen ausgeruht. Die Augenlider drüber gezogen, zum Anfeuchten. Nach ein paar Stunden Computerflimmern brennen die Augen.

TAUBE
Normal in deinem Alter.

GOTT
schreit
Halt den Schnabel.
Blöde Kuh.
Petrus kommt rein, behangen mit Fischernetzen

PETRUS
Bist eingeschlafen?

GOTT
Bin müde vom Googeln. Ich kann das nicht. War nie jung genug dafür. Hab leider keine Enkel, die mirs zeigen könnten, musst Jesus fragen. Als ich die Welt erschuf vor 6000 Jahren brauchte ich kein Internet. Hast du was gefangen?

PETRUS
Alles leer gefischt.
Könntest mir ein paar Fische raufschicken.
Früher hast du mir die Netze gefüllt.

GOTT
Sogenannt fliegende Fische!
Damals gab's noch keine Fangquoten!

PETRUS
Ich habe den Italienern dafür ein paar Wildgänse und eine Schar Singvögel, die über den Apennin aus Afrika zurückfliegen wollten, in meinen Netzen wegge-

schnappt, um sie freizusetzen. Die Italiener schlürfen die armen Singvögel als Vorspeise mariniert oder mit Pasta. Ich gehe die Netze zum Trocknen in den Wolkenwind hängen.

Petrus geht hinaus die Netze in den Wolkenwind hängen. Gott werkelt weiter am Computer

GOTT
Wikipedia.
Was Neues!!
BIG BANG
vor gut 13 Milliarden Jahren...!!
Was ist denn das!
Bin ich so alt??
Hier steht, man wisse jedoch nicht
was vor dem Big Bang war.
Ich auch nicht.
Na also!
Es muss ja jemand die Welt erschaffen haben,
sonst wäre sie nicht da.
Ich??
Nicht dass ich wüsste.
Man kann das nicht ausschliessen,
das sagen alle guten Wissenschaftler.
Die berühmtesten Wissenschaftler werden selber am Schluss alle gläubig
immer
spätestens bei der letzten Ölung.
Ist doch schon was.
Jesus sagte, er sei mein Sohn
und sein Vater habe die Welt gemacht.

Er sei mein Ebenbild
oder umgekehrt.
Ich bin Gott in Gott mit ihm
mit dieser Taube.
Ein Dreieck quasi.

TAUBE
Du hast die Welt erschaffen,
das sagte Jesus.
Das sagt der Papst auch
und alle Gläubigen.
Blöd ist, dass du die Weltformel vergessen hast.

GOTT
Ich gabe eine ganze Abhandlung geschrieben.
Die Weltformel Einsteins war $e = mc2$.
Meine war $e = mc4$
immerhin das Doppelte.

TAUBE
Du musst dich mit deiner Welterschaffung nicht recht-
fertigen. Vor niemandem. Du hast das gemacht, es ist
eigentlich egal wie und wann, basta!
Wenn du sie nicht erschaffen hättest, wäre heute niemand da, um sich aufzuregen.

GOTT
Sag mir, wo ich das Buch mit der Formel hingesteckt
habe.

TAUBE
Du bist vergesslich.

Du erträgst das Altern schlecht.
Es fängt an...wie sagt man?
...mit den Gedächtnislücken!

GOTT
Ich bin so alt wie ich mich fühle.
Und ich möchte das Wort altern in diesem Raum nicht
mehr hören,hörst du.
Niemand kann was gegen die Zeit,
ich auch nicht, die gehört zum Ganzen,
in die Weltformel.

TAUBE
Ich sage es dir,
nur weil du mein Freund bist.
Dein Buch mit der Weltformel
das Buch aller Bücher
steht in deiner Bibliothek,
links oben,
du musst die Leiter nehmen
bei gross A steht's
neben Alzheimer.

GOTT
steht auf und stürmt wütend auf den Käfig zu
Arrogant bis du bis zum Dach hinaus!
Zum Abschiessen!
Petrus!
Petrus!
Komm sofort her!
Und vergiss die Schrotflinte nicht!!

TAUBE
Nicht schiessen!!
Wenn du mich erschiesst, wirst du's nie wissen.
Ich werde in Zukunft mucksmäuschen still sein.
Nur noch denken. Denken wird doch wohl im Staate
Gottes erlaubt sein?!
Wir stehen diesen Sommer über Frankreich, dem
Land des freien Denkens 1789.
Petrus eilt herein mit einer Kalaschnikow im Anschlag

GOTT
Wo hast du denn dieses Maschinengewehr her?

PETRUS
Es ist eine Kalaschnikow
Breschnew hat sie mir mitgebracht.
Ein Backfisch...
ein Backschisch...
wie er sagte.
Ein Geschenk für dich.
Er hält dich für den Obergenossen.

GOTT
Ich erinnere mich an nichts.

TAUBE
Es ist auch schon lange her.

GOTT
Schau mir in die Augen!
Direkt in die Augen!
Hörst du!!!

TAUBE

Das wird wohl schwierig sein. Ich habe ein Auge rechts
und eines links. Von vorne gesehen seh' ich dich nicht.
Wenn ich dir direkt in die Augen schau, bist du ver-
schwunden. Hör auf am Käfig zu rütteln.
Ich melde es Amnesty International.
Bewegungsfläche: ein Din A4-Blatt,
wie Vorschrift bei den Hühnern.
Einzelhaltung bei allen geselligen Vögeln wie Kana-
rien oder Tauben
ist EU-Verbot.
Immerhin stehen wir über Strassburg.
Europäisches Gericht.
Ich hätte gern eine zweite Taube.
Einen Täuberich
der's auch mit der Intelligenz hat,
damit ich mich auf gleicher Augenhöhe
unterhalten kann.
Mach mir eine aus Lehm,
der du den Odem durch den Schnabel einbläst.
*Petrus nähert sich dem Käfig mit angeschlagener Ka-
laschnikow*
Würdest du mich von diesem Bastarden abknallen
lassen?

GOTT
*geht stöhnend auf und ab, schaut aus einer Fenster-
luke hinaus. Nach einer Weile mit ernster Stimme*
Nein.

TAUBE
Na also!

GOTT

Petrus würde dich sowieso nicht treffen. Seit Jahren
schiesst er von dieser Lukarne aus auf den Sputnik.
Dessen Bip-Bip ist mir unerträglich vor allem nachts.
Und die Bedeutung dieses Bip-Bip Bip-Bip ist wahr-
scheinlich sinnlos wie der Kommunismus.
Wir haben dieses Geräusch nie dekodieren können.

TAUBE

Petrus ist auch ausgebildeter Fischer und kein Jäger!
Das Pulver hat er nicht erfunden.

GOTT
schreit

Halt deine böse Zunge im Schnabel!
Ich schneid sie dir ab.
Ich lass dich nicht mehr rumfliegen.
Ich halte dich drei Tage im Käfig ohne Wasser.
Und ohne Körner.

TAUBE

Ich bin die einzige Taube der Welt,
die ohne Wasser und Körner auskommt.
Ich halte es sehr gut und tagelang mit
mir allein aus.
Einfach sein.
Das ist schön.
Alle wollen immer rumfliegen,
die Welt sehen.
Ich leg mich auf den Rücken
und mach den toten Vogel.
Drei Tage lang autogenes Training.

Würde auch dir gut tun.
Weniger essen,
nur eine Hostie zum Frühstück
und einmal richtig schlafen.

GOTT
Bei Gott!
Ich schlafe nie!
Ein Gott
der zwischendurch schläft
würde von den Gläubigen nicht akzeptiert.

TAUBE
Reg dich nicht so auf!
Das tut deinem Herzen nicht gut,
kriegst hohen Blutdruck,
machst noch einen Herzinfarkt.
Notfall!
Ich müsste dich retten.
Schnabel-zu-Mundbeatmung.
Willst du das?
Leg dich lieber hin.
Siesta.
Und meditiere
wie Buddha.
Vielleicht fällt dir die Weltformel wieder ein.
Sonst nimmst die von Buddha,
die ist auch nicht schlecht.

GOTT
Als ich die Welt erschuf
brauchte ich keine mathematischen Formeln.

TAUBE
Du konntest ja damals ja kaum lesen und schreiben.
Zehn Zeilen in Stein gemeisselt!
Das war schon alles.

GOTT
Damals gab's auch noch keine Tauben.
Geht vor Petrus auf und ab
Erinnerst du dich noch
an das Evangelium!
Die Welt erschaffen in nur sieben Tagen,
war doch schön.
Wenn ich daran denke!
Am Montag habe ich die Blumen gemacht,
all die schönen Blumen!
Die Sonnenblumen!
Die Vergissmeinnicht!
Der Schlehdorn
und die Purpuracea anämika!

PETRUS
Du bist ein unverbesserlicher Poet,
das haben die Menschen vergessen.

GOTT
Am Dienstag den Seeadler.
Die Möwen, die grossen weissen Kreischmöven,
die sich in der Bretagne
über die Atlantikküste hinweg
in die Westwinde stürzen!
Und die Echsen!
Die schwarz-gelben Feuersalamander!

Die Ringelnattern!
Die Blindschleichen...
und die Burgunderschnecken!...Hoooh!!
es gibt nichts Besseres als die Burgunderschnecken
...in Knoblauchsauce.

PETRUS
Du bist ein Feinschmecker sondergleichen!
Wärest doch gleich Franzose geworden!
Gott in Frankreich!

GOTT
Am Mittwoch:
Die Berge, die Seen und die frische Luft, die Segelboo-
te und die Surfbretter, die Unterseeboote und die
Dampfschiffe, die Ozeanriesen mit denen man nach
Amerika fahren kann.

PETRUS
Jetzt gibt's schon Riesenöltanker unter Panama-
Flagge, die hundertmal länger sind als deine römi-
schen Galeeren.
Fünf Fussballfelder lang.

GOTT
Am Donnerstag die Sterne, das war ein langer Tag!
Ich habe all die Sterne, die du am Himmel siehst,
für die Nacht gemacht.
Sie leuchten nur nachts.
Und am Freitag die Schmetterlinge.
Einen ganzen Tag lang brauchte ich für
diese Peipernellen,

les papillons,
le farfalle.
Am längsten arbeitete ich an den Tagpfauenaugen...
die mit den dreissig Schattierungen!

PETRUS
All die Schmetterlinge sind aber auch schön!
Ich finde es wunderbar, wie du die gemacht hast.

GOTT
Ja! Du hast recht.
Sie sind alle sehr schön geworden...

TAUBE
Ausser dem Kohlweissling!

GOTT
Gut! Das ist eine Niete.
Geb ich zu.
Aber ansonsten:
der flatterhafte Flug dieser Kleinflugzeuge,
die quirlig tanzenden Bewegungen in der Luft!
Soll mir doch einer dieser modernen Physiker das
nachmachen...
Hat mit Mathematik rasend wenig zu tun.
Diese armseligen Wissenschafts-Taschenrechner-
diebe tun mir langsam leid.
Nichts schaffen sie, mal keinen Schmetterling,
nur verstehen wollen sie alles...
mit ihrer 0101001-Computersprache.
Die Poesie der Schmetterlinge
mathematisch verstehen wollen?

Lächerlich!
All diese Computer, diese Tablets
haben was Niederes,
etwas Vulgäres,
was Flaches an sich.

TAUBE
Ohne einen Highschool-Masterdiplom kommst
du heute nicht weit,
auch wenn du der Herrgott bist.

GOTT
Zu meiner Zeit gab es keine Universitäten,
die Welt lief ohne sie
und besser.

TAUBE
Irgendein Abschluss mit Diplom
stünde dir schon gut an:
Professor Dr. Dr. Mastercard
aller Wissenschaften!
Der Herrgott
oder die Fraugott,
müsste man heute korrekterweise sagen.
Aber du hast es nicht so mit den Frauen.
Ich meine
zumindest kein Frauenheld.

GOTT
Wechseln wir das Thema.
Welche Jahreszeit sind wir, Petrus!

PETRUS
Frühling, Meister,
man sieht's an den Knospen.

GOTT
Schön! Schön!
Welcher Jahrgang sind wir?

PETRUS
Wir gehen ins dritte Jahrtausend.
Nach Christus.

GOTT
Ich weiss schon, Petrus!
Diese Zeitrechnung ist mir bekannt.
Ich habe die Welt zwar viel, viel früher erschaffen,
aber alle richten sich nach meinem Sohn.
Ausser die Azteken,
die haben ihren eigenen Kalender.
Der jüdische Kalender wiederum beginnt mit der
Schöpfung der Welt
4000 vor Christus,
sagt die Thora.
Die Chinesen sind heute erst im Jahr der Affen.
Das waren wir schon längst. Ich will von all diesen
Rechnungen nichts mehr wissen.
Es ist meine Schuld!
Oh Gott!
Meine grosse Schuld.
Ich habe Jesus zu spät auf die Erde geschickt.
Viel zu spät.
Die Menschen wissen erst seit 2000 Jahren,

dass es mich gibt.
Mein Vater hat die Welt erschaffen,
sagte er nachträglich:
Vorher konnte das ja niemand wissen.
Ein bisschen früher
hätte er schon runtergehen sollen,
zur Zeit der Pharaonen...zum Beispiel.
Sonnengott Re,
die Eine-Welt-, die Eingott-Religion,
hätte gepasst.
Mega gepasst.

PETRUS
Das Problem ist,
die Pharaonen hatten noch keine Kreuze.
Er hätte nicht gekreuzigt werden können.
Und die Menschen wären nicht von der
Erbsünde erlöst worden.
Es hätte keine Auferstehung gegeben.
Die Menschen wären einfach so in den Tod gegangen,
nicht in den Himmel.

TAUBE
Oder in die Hölle!

GOTT
Halt du den Schnabel.
Oder ich schick dich in Petrus Netze.
Zum dich erwürgen.

PETRUS
Das Kreuz ist heute gut eingeführt,

ein Markenzeichen.
Man trägt es am Hals.
Es baumelt vorne im Auto.
Die Fussballer bekreuzigen sich vor dem Spiel,
um mehr Tore zu schiessen.
Manchmal lenkt die Hand Gottes
den Ball direkt ins Tor.

GOTT
Du hast recht, Petrus!
Das Kreuz ist gut eingeführt.
Niemand kommt daran vorbei.
Auch die Franzosen nicht.
Ich nehme ihnen die Trennung von der Kirche nicht
übel.
Mach ihnen ein schönes Wetter heute!
Ich bin gut aufgelegt
es ist Sonntag
alle sollen aufs Land picknicken
und baden gehen.
Eine Flasche Bordeaux
ein Hähnchen,
einen Coq au vin,
eine Wachtel zu Mittag
...oder eine Taube!

PETRUS
beim Hinausgehen
Seid friedlich!
Schaut euch in die Augen
und gebt euch einen Kuss!
Ich gehe das Wetter machen.

Den Franzosen ein schönes.
Den Italienern drei Tage Regen.

TAUBE
Eigentlich hättest du deinen Sohn
beim Urknall
als Gas hinschicken können.
Oder viel später,
bei der Entstehung der Erde
der Sonne und der Sterne,
als Dinosaurier.
Er wäre als Dinosaurier für alle
Dinosaurier gestorben.
Die Gläubigen würden an der Halskette
anstelle eines todbringenden Kreuzes
einen kleinen goldenen Dino tragen.
Die Dinosaurier waren vorbildliche Vegetarier.
Und friedfertiger als die modernen Menschen.
Schau die blutrünstigen Kriege,
die du zugelassen hast.
Als letzte den I. und II. Weltkrieg
nicht schlecht.
Es kommt ja noch besser
in Zukunft
und du schaust zu
Bleierne Stille
Gottvater geht auf den Käfig zu

TAUBE
schreit
Tu das nicht.
Du wirst es bereuen.

Tu's nicht!
Tauben kannst du nicht vom Tode erwecken.
Es gibt kein Paradies für Tauben.
Du weisst nicht was du tust.
Gottvater öffnet die Käfigtür, werkelt an der Taube herum, als er sich umdreht, sieht man die weisse Taube tot auf dem Käfigboden liegen, eine Blutsträhne über der Brust.
Petrus stürzt herein und ist erschrocken

PETRUS
Mein Gott!
Was hast du gemacht?!
Spinnst du?

GOTT
Ich habe diese Taube getötet.

TAUBE
letzte Worte, stöhnend
Ich werde mich beim Schweizer
...Brieftaubenverband
...beschweren.
Und bei Amnesty.

PRIVATKLINIK SANTO SPIRITO IN ROM
Arztpraxis mit gynäkologischem Untersuchungsstuhl

Personen:
PROF. DR. ANTONIONI BERTOLAMI
SCHWESTER MARIA
PAPST JOHANNES PAUL II. (Karol Wojtyla)

SCHWESTER
drückt auf den Knopf der Gegensprechanlage
Der Nächste bitte.

Der Papst tritt ein in voller päpstlicher Montur:
Mitra, Bischofsstab etc.
Treten Sie ein.
Darf ich...Papst sagen?

PAPST
Nein!
Ich bin Ihr Vater.
Der Heilige Vater.
Papst hält ihr den Fingerring hin zum Küssen

SCHWESTER
Bitte nehmen Sie Platz.

PAPST
Ich stehe lieber
hält sich am Stab fest
Ich sitze den ganzen Tag auf dem Stuhl.

SCHWESTER
Ich rufe Dr. Bertolami.
drückt auf den Knopf
Herr Professor!
Papst Johannes II. ist da.
zum Papst
Geben Sie mir Ihren Hirtenstab.
Ich stecke ihn in den Regenschirmständer.

PAPST
Es ist gut so.
Ich brauch ihn nur als Krücke.
Ich hab's in den Hüften
und im Rücken.

SCHWESTER
Ich hab's woanders,
aber das Leben ist so.

PAPST
Ich sage immer,
jeder hat's irgendwo,
das Leid,
meine ich.
Segnet die Schwester

PROFESSOR
tritt ein, geht auf den Papst zu,
will ihm die Hand schütteln.
Der Papst hält ihm lediglich den Ringfinger hin
Nehmen Sie doch Platz!
Hier auf dem Stuhl.

PAPST
Ich stehe lieber.

PROFESSOR
nimmt Platz an seinem Schreibtisch,
blättert in den Akten
Darf ich mich vorstellen:
Ich bin Doktor Antonioni Bertolami.
Klinik Santo Spirito.
Professor für alles.
Vor allem für Blase und Darm.
Der Darm mit all seinen ... Funktionen,
diese Blähungen,
der Auspuff.
Sie wissen was ich meine.

PAPST
Ich darf solches am Radio Vatikan
wohl nicht laut von mir geben,
...aber auch die Päpste haben Blähungen.

PROFESSOR
Der Schuss,
wie man sagt,
geht immer hinten raus!
Haha! Haha!
Beide lachen. Der Professor studiert die Akten
Sie sind Papst Johannes Paul der I.
Karl Wojtyla,
genannt der Staubsauger Gottes.
Haha! Haha!

PAPST
Ich bin Papst Paul der II. !

PROFESSOR
War Papst Paul der I. denn Ihr Vorgänger?

PAPST
Nein...das war Papst Johannes der XXIII.

PROFESSOR
So viele!
Wie bei Louis Quatorze, dem Sonnenkönig!
Aber die Ludwige in Frankreich gingen nur bis Louis
seize.
Nachher waren's nur noch Möbel.
Vielleicht konnten die Ludwige nur bis 16 zählen!
Sagte Prévert
Haha! Haha!
Spass beiseite.
Ihr Hausarzt
wenn man dem Vatikan Haus sagen kann
Haha!!
schickt Sie zu einer Spezialuntersuchung des Darmes.
Des heiligen Darmes! Sozusagen.
Kommen wir gleich in medias res.
Das ist Latein!

PAPST
Das Kirchenlatein ist mir geläufig.

PROFESSOR
Agricola arat

ancilla conjungat.
Der Bauer pflügt
Die Magd vögelt.
Haha!
Wie ist Ihr Stuhl?

PAPST
Diese fliegenden Worte über den Heiligen Stuhl
kann ich nicht mehr ausstehen.
Dieser Witz ist im Vatikan geläufig,
da müssen die ältesten Kardinäle sogar lachen,
das tun sie sonst nie.

PROFESSOR
Ich meine Ihren Stuhlgang.
Haha! Haha!

PAPST
Das ist mir jetzt unangenehm.
Über Sachen unter der Gürtellinie,
diesen Niederungen, möchte ich nicht reden.

PROFESSOR
Vergessen Sie Ihre Titel.
Ihr äussere Erscheinung.
Reden wir von Mensch zu Mensch,
von Arzt zu Mensch.
Von Professor zu Mensch.
Ich rede mit Ihnen über ihren Stuhlgang,
auch wenn es Ihnen stinkt,
Sie müssen sich nicht genieren.
Auch Jesus hat Brot gegessen

und Wein getrunken,
oder nicht?

PAPST
Ehrlich gesagt,
ich kann mir das
was Sie meinen,
bei Jesus nicht vorstellen.

PROFESSOR
Aber darf ich annehmen,
dass Sie als Papst Stuhlgang haben?

PAPST
Ja.
Aber wir reden bei unseren Sitzungen nicht darüber.

PROFESSOR
Wie oft
haben Sie das,
was ich meine?

PAPST
Das hängt davon ab...
Mal so, mal so.

PROFESSOR
Hart oder weich?

PAPST
Hmm! Medium.

PROFESSOR
Geruch?

PAPST
Im Vatikan müssen wir die Fenster öffnen.
Ich bin natürlich nicht allein.
Im Vatikan sind über 200 Bischöfe
und Kardinäle.
Ein Haufen.

PROFESSOR
Haben Sie Blut im Stuhl?

PAPST
Ja.

PROFESSOR
Wie oft?

PAPST
Jeden ersten Freitag im Monat.

PROFESSOR
Das klingt ja wie ein Wunder!
Pater Pio kratzte sich jeden Monat
die Handinnenflächen blutig auf
und wurde schon auf seinem Totenbett
heiliggesprochen.
Wenn die Blutung aber nur eine Darmgeschwulst
ist, ein gewöhnlicher Krebs,
dann werden Sie nicht heiliggesprochen.
Ein Darmkrebs ist ganz menschlich.

In den Alters- und Pflegeheimen gehört er zum Alltag.
Ich sehe nicht ein, warum der Herrgott Ihnen als sein
Stellvertreter einen Krebs schicken sollte.
Ausser Sie hätten schwer gesündigt.
Dann straft Gott natürlich sofort.
Auch wenn Sie Papst sind.
Ich mache Ihnen eine Darmspiegelung
hier auf dem Untersuchungsstuhl.
Dann sehen wir, ob es sich bei den Blutungen um ein
Wunder handelt oder auch nicht.
Bei Darmkrebs sind Sie schneller im Himmel!
Haha!

PAPST
Ehrlich gesagt ist mir ein Spatz in der Hand,
ich meine unsere kleine Welt hier unten,
lieber als eine Taube im Himmel.

PROFESSOR
Ich bitte Sie hier hinter dem Paravent
die Unterhosen auszuziehen.
Den Rock können Sie anbehalten.
Soll die Schwester Ihnen helfen?

PAPST
Nein danke.
Das mache ich lieber selber.
Papst hinterm Paravent.
Kommt hervor im Rock mit Stab und Mitra. Wird zum
Untersuchungsstuhl begleitet und gelagert.

PROFESSOR

Ich führe jetzt das Darmrohr ein.

Es tut nicht weh, wenn Sie entspannen.

Betrachten Sie das Darmrohr nicht als Feind, sondern als Freund.

Es ist dann ein völlig natürliches Gefühl
für den Betroffenen.

Es kann sogar ein angenehmes Gefühl sein.

Nicht schmerzhaft
gar nicht schmerzhaft.

Sooo!!

Da hätten wir's.

Es steht uns eine lange Reise bevor.

Voyage au bout de la nuit,
wie mein Kollege Céline sagte.

Wir stossen jetzt in Ihr Inneres vor.

Die Schattenseite des Menschen.

Sie können am Bildschirm selber zuschauen,
wie es in Ihrem Innern aussieht.

Wir fahren durch Täler, Höhlen, an Hügeln und Bergen vorbei. Schwindelerregend zitternd flatternd die
Blätter im Walde, die Vögel und Schmetterlinge, die
vorbeifliegen.

Aufhellungen wie Sonnenaufgänge, dann wieder
dunkle Nacht.

Auch mal sternenklar mit flitzenden Trabanten.

Grüne Inseln im Meer, Wasser, Quellen, Fische, Riffe.

Immer wieder Krebse und Polypen.

Hier Gorillas in den Bäumen. Ein mächtiger Silberrü-
cken, der in die Kamera schaut.

Ihr Vater.

Ihre Taufe.

Ihre Erstkommunion.

Ihre Erstkommunion Uhr.

Ihre Primiz... Sie liegen in weisser Kutte flach ausgestreckt am Boden vor dem Papst.

Als Papst selber liegen Sie wieder und küssen die Flughafenerde.

Wir kehren langsam wieder zum Ausgang zurück

hier die Polypen, ein Meer von Polypen,

Hummer und Krebse

wie die Franzosen sie gerne haben.

Wir sammeln ein paar in unserem Netz.

Soo!!

das war's.

PAPST

Interessant!

Eine unbekannte

fremde Welt in mir.

All die Landschaften und Meere

und Krakau!

Vergessen!!

Und all die Erinnerungen.

Ist das mein Unbewusstsein?

Wie Freud sagte.

Die Seele?

die mich durch die hellerleuchteten Gänge des Vatikans an die Himmelsdecke führt wo

Gottvater sitzt

und mir dem Menschen

seinen Finger hinhält

Ankunft im Paradies!

PROFESSOR
Ich sah in Ihrem Darm
eher die Gotthard-Röhre vor mir
viel Gegenverkehr
dunkel
stickige Luft
Ankunft voraussichtlich nicht im Paradies
sondern in Biasca!
Sie haben da sehr gut gemacht.
Es gibt Leute, denen dieser Eingriff peinlich ist.
Ich möchte Ihnen gratulieren.
Ich hätte es nicht besser gemacht.
Ich überlasse Sie der Krankenschwester.

PAPST
Ist sie krank?

PROFESSOR
Nein! Nichts Ansteckendes.
Sie vereinbart lediglich mit Ihnen einen Termin.

PAPST
Muss das sein?

PROFESSOR
Ich werde mit Ihnen die Laborresultate besprechen.
Ich muss Ihnen ehrlich sagen: So wie es aussieht,
steht eine grössere Operation bevor.

Ich habe nicht nur diverse Biopsien des Darmes
gemacht, sondern auch einen Teil Ihrer faustgrossen
Prostata abgeknipst, Sie haben, so scheint es mir, zur
Zeit die grösste Prostata in Rom. Durch diese Verlet-

zung des Prostatagewebes wird sich in den nächsten Tagen ein häufiger Harnblasendrang bemerkbar machen und Sie können schlecht sitzen.
Den Stuhl können Sie vergessen.
beim Hinausgehen
Die Schwester hilft Ihnen beim Anziehen.

PAPST
Muss es denn ein Schwester sein, Herr Professor?

PROFESSOR
Nein, ich kann Ihnen auch Leonardo schicken unseren neuen jungen Pfleger.
Er war mal Messdiener.

PAPST
Wäre mir lieber.

IM VATIKAN
Päpstliches Privatgemach im Rembrandt-Salon.
Der Kammerdiener deckt den Frühstückstisch, öffnet eine Flasche Weisswein.
Papst in voller Montur, Mitra und Stab

KAMMERDIENER
Ihr Frühstück ist heute trotz der Fastenzeit etwas reichlich, damit Sie sich von Ihrem doch schweren Eingriff bei Dr. Bertolami, Professor für alles, besser und schneller, so Gott will, erholen mögen.
Hier ein Orangensaft aus frischgepressten Orangen aus Sizilien. Ananasscheiben aus chemischem Anbau. Kolumbien.

Zahmer norwegischer Wildlachs auf Toastbrot.
Harte Eier
von einer Novizin gepellt.
Müsli der Schweizer Garde.
Alpenkäse.
Polnische Wurst, Speck und Schinken,
wie gewöhnlich.
Hier eine goldene Schale zum Kotzen.
Dort eine Schale mit Zitronenwasser
zum Fingerwaschen.

*Der Papst geht hinkenden Fusses zum Fenster, schiebt
den schweren Veloursvorhang etwas beiseite*

PAPST
Schauen wir mal, welches Wetter Petrus uns
heute schickt.
Nur Regen!
Schwere schwarze Gewitterwolken...
und das im Frühling!
*Der Papst kommt zu Tisch, setzt sich hin,
springt wieder auf*
Ooooh!! Gott!!
Merdre!
Ich kann nicht sitzen.
Der Kammerdiener holt ein Kissen zum Unterschieben

KAMMERDIENER
Hier ein weiches dickes Prostatapolster.
Noch vom letzten Papst.

PAPST
setzt sich
Angenehm,
sehr angenehm.

KAMMERDIENER
Ich habe hier einen Château Neuf Prostate,
wird Ihnen gut tun.
Da Sie keine Frühmesse halten konnten,
haben Sie leider noch keinen Weisswein im Magen.
Schauen Sie zu Ihrer Gesundheit.
Normal trinken Sie bei der sechs Uhr Messe
eine halbe Flasche Weisswein
gegen die Morgendepression.
Auch Jesus trank Wein,
gegen die allgemeine Depression,
die damals in Palästina herrschte.
Kein Fernsehen.
Kein Telefon.
Keine Müllabfuhr.

PAPST
fängt zu knabbern an
Nicht schlecht.
Ein natürliches ländliches Frühstück,
gesund eigentlich zum länger leben,
dabei will Professor Bertolami
mit seinem Gequatsche
mir das Leben verkürzen.

KAMMERDIENER
Sie müssen keine Angst haben.

Sie nehmen die Direttissima.
Sie haben doch als Papst eine Stuhlreservation im
Himmel.

PAPST
Im Moment würde ich lieber liegen als sitzen.
Aber Sie haben recht.
Nur gibt's im Himmel zum Frühstück keine polnische
Wurst,
glaube ich.
*Der Papst humpelt in aller Eile hinaus. Der Kammer-
diener schenkt sich währenddessen ein Glas Wein ein
und knabbert am gedeckten Tisch. Der Papst humpelt
zurück.*

PAPST
Dieser lästige Blasenreiz.
Es kommen nur ein paar Tropfen.
Extrem brennende Schmerzen.
Nicht zum Aushalten.
Oh Herr, lass diese Tropfen........

KAMMERDIENER
schenkt nach
Nehmen Sie noch einen Schluck vom Château Neuf
Prostate, das wird Ihrer Blase guttun.

PAPST
trinkt aus
Immer nur Tropfen in die Windeln.
Wissen Sie was, ich verzichte auf das Frühstück.
Bringen Sie's der Schweizer Garde,

die sind froh, mal was anderes als Müsli zu essen.
Trinken wir Wodka.
Polnischer Wodka ist Balsam für die Blase.

KAMMERDIENER
Cela mène au pire!
Der Kammerdiener serviert Wodka, setzt sich zum
Papst. Beide prosten sich einander zu.
Der Papst springt öfter zur Tür und kommt zappelnd
wieder zurück.

PAPST
Erzählen Sie niemandem
nie
dass Ich eine Windel trage.
Versprechen sie mir.
Hoch und heilig!!!
... wobei ich im Haus ja nicht der Einzige bin.

KAMMERDIENER
Ich verspreche bei Gott im Himmel
ich werde nie,
in keiner Situation,
in Zukunft
noch in der Vergangenheit,
die Windel jemals erwähnen.

PAPST
Die Gläubigen glauben,
ich würde mit dem Hirtenstab ins Bett steigen,
mit den Gewändern und der Mitra auf dem Kopf.
Die wollen das immer so glauben;

sie können sich mich
und Gott
nicht im Pyjama vorstellen.
Verschieben Sie doch die 10-Uhr-Sitzung mit den
deutschen Kardinälen auf morgen.
Die sollen sich Rom anschauen gehen.
Oder bei diesem Regen ins Kino gehen.
Fürs Kino Santo Spirito um die Ecke
haben wir für Ben Hur noch Freikarten.
Zu zehnt kriegen die sowieso Gruppenrabatt.
Sagen Sie...
ich muss mal schnell austreten...
was halten Sie eigentlich von einer deutschen Papst-
kandidatur?
Wenn die deutschen Kardinäle
ich weiss nicht wie das mit ihrer Wirtschaftspolitik,
mehr Mercedes für China, zu tun hat, einen Chinesen
als Papstkandidaten vorschlagen und darauf behar-
ren muss ich mit aller Kraft opponieren.
Ein Chinese wird nie italienisch lernen.
Er wird wohl nie arrivederci sagen können.
Man würde ihn nicht verstehen.
Es gäbe einen Massenexodus aus der Kirche.
Entschuldigung!
Ich muss schnell abtreten.
Oder einen Franzosen!
Warum nicht?
Der Gegenpapst von damals,
dieser Affront von Avignon,
ist längst verziehen.
Der Wein ist gut.
Schloss Avignon

mit dem jährlichen Theaterspektakel
ist vatikanreif.
Würde den Franzosen guttun,
einen Papst aus ihren Reihen vergönne ich ihnen.
Ausser Lourdes bleibt den Franzosen nämlich nicht
viel.
Die Quelle in Lourdes ist schon lange vesiecht.
Wurde schon kurz nach der Erscheinung
an die städtischen Wasserwerke angeschlossen.
Es gab auch seither keine grossen Wunder mehr im
Lourdes Wasser
nur noch Heilungen bei kleinen Sachen:
Blähungen
Verstopfung
Migräne
Hämorrhoiden.
Nichts für das Unheil,
was Professor Bertolami mir angedroht hat.
Sollte ich die Operation nicht überleben,
als Sioux in meinem Gewand in die ewigen Jagdgrün-
de ziehn, so machen Sie sich jetzt ein paar Notizen:
Sagen Sie den deutschen Kardinälen
für Oberst Ratzinger
als Papst
sei es noch zu früh
er ist erst 80
meine Präferenz gelte den Franzosen
Kardinal Lustiger aus Paris
käme in Frage
leider ist er schon tot
ich habe ihn gut gekannt
er hatte einen exzellenten

Château Neuf du Pape im Keller.
Er kannte sich mit den Medien aus
am Fernsehen trug er jedes Jahr zu Ostern
ein schweres Holzkreuz aus Pappe
den Montmartre-Hügel hinauf
zum Sacré Coeur.
Paris steht gut da mit dem Sacré Coeur
der grossen Kathedrale über der Stadt.
Gott hat immer Sacré Coeur vorgezogen
Notre Dame war ihm seit jeher ein Dorn im Auge.
Die Chinesen haben nur die Grosse Mauer
mehr haben die nicht
Die Südamerikaner und Afrikaner
sind immer gut aufgelegt
lachen andauernd
sie verstehen den Ernst der Religion nicht
ich meine den Todernst
ich bin schon für eine neue folkloristische Religion
aber nicht eine zum Lachen.
Am besten als Papst wäre dann doch ein Deutscher.
Die Deutschen waren nach Mussolini nicht mehr in
Rom.
Sie lachen schon mal
aber sie meinen es nicht so
ein Deutscher lacht nie wirklich.

Beide prosten sich zu mit Schnapsgläsern, die sie ex
trinken und dann rückwärts ins Nichts werfen
Also prost auf Ratzinger!
Er zeigt zwar heute wohl noch
beim Gehen
und beim Segnen

eine jugendliche Bewegtheit,
die nicht zum Ernst eines Papstes passt.
Mit zunehmendem Alter wird er sich wohl etwas be-
ruhigen.
Ich selber wäre jetzt am liebsten Buddhist,
dann hätte ich zwei Leben
und käme als Papst zurück.
Nastarovie!
Nastarovie!
Singen ein polnisches Trinklied
Werfen wir die Gläser
hinter uns
ins Nichts.

HIMMEL UND HÖLLE
Klingeltöne an der Himmelspforte

PETRUS
Komm ja schon!!
öffnet
Heiliger Bimbam!
Der Papst!

PAPST
in voller Montur
Heilig bin ich noch nicht!
Bei der Verteilung der Heiligenscheine
brauch ich noch die FIFA-Stimme der obersten Liga!
Haha!
Petrus! Petrus!
Papst stürzt sich auf Petrus zur Umarmung

und zum Bruderkuss
Ich kenne Sie aus der Bibel.
Immer noch derselbe.
Seemannskappe.
Das Fischernetz über der Schulter.

PETRUS
Keinen Zungenkuss
wollte schon Breschnew mit mir machen.
Aber wir können auf Du machen
unter Kollegen.
Ich kenne dich natürlich vom Fernsehen her
auf allen Kanälen
in allen Ländern...

PAPST
Ausser Russland!

PETRUS
Gute Arbeit da unten!
Jesus wird zufrieden sein,
wenn ich ihm deinen Lebensbericht abgebe...
schaut in sein grosses Buch
ausser der Masturbationen im pubertären Alter
ist da nicht viel zu sagen
und der Sache im Kloster
mit den jungen Mönchen.

PAPST
Alles ist gebeichtet.
Für jedes Mal gab's ein Vaterunser.

PETRUS
Ich sehe es sind viele Vaterunser.
Schwamm darüber.
Vor allem gibt's da
keine Frauengeschichten
das ist wichtig.
Sehr wichtig.
Ich sehe nur Messdiener.

PAPST
Lange vorbei.
Die sind heute schon gross und erwachsen.
Und sie können nicht sagen,
es habe damals weh getan,
sage ich immer.
Glauben Sie mir
es war wie ein göttlicher Drang
zumindest habe ich es so in mir gespürt.

PETRUS
Eigentlich solltest du
meinem Buch nach
erst nächstes Jahr kommen.
Angeschossen im Papamobil
am Ende der Südamerikareise
in Patagonien.
Operiert an der König UBU Universität
deren Pataphysiker
sich einen Namen gemacht,
indem sie die Oberfläche Gottes genau
berechnet hatten.
Der Beweis hält heute noch

und entspricht Einsteins Relativitätstheorie.
Prof. Bertolami hätte eingeflogen werden sollen,
operierte unsteril, hätte sich die Hände
vor der Operation waschen sollen, nicht nachher.
Du wärst am dritten Tag nach der Operation
an Übersepsis gestorben
und in den Himmel gefahren.
Professor Bertolami kann nicht operieren.
Er ist eine Null.

PAPST
Ich kenne ihn.

PETRUS
Wir auch.
Er schickt uns viele Patienten.

PAPST
Warum musste ich denn schon heute kommen?

PETRUS
Es macht sich Neues da unten.
Schneller als erwartet.
Die Welt steht Kopf.
Gott macht sich Sorgen.
Die Ungläubigen schlagen zurück.
Der reinste Terror.
Wir müssen alles weitere hier oben besprechen.
Entschuldige für das vorzeitige Aufgebot,
aber du bist unser Botschafter,
unser Fels da unten.

PAPST
Nicht so schlimm.
Ich war bereit
ich trug immer Öl und Vaseline bei mir.

PETRUS
Wenn das alle täten,
gäb's weniger Kriege.

PAPST
Warum?
Ich verstehe deinen Gedankengang nicht?
Zeig mir lieber den Himmel.
Petrus!
Ich möchte sehen, ob alles stimmt
wie's in der Bibel steht.
Beide machen sich plaudernd auf den Weg.

PETRUS
Es ist nicht mehr das grüne Paradies
wie zu Zeiten Adams und Evas.
Die Schlangen sind ausgestorben.
Die Palmen verdorrt.
Es war ein heisses Jahr.
Die höchsten Temperaturen seit der Messung
des Paradieses.
Es sieht aus wie die Sahara.
Fast keine Regenwolken mehr.
Die letzten Kumulus
habe ich gestern den Italienern runtergeschickt.
Rom geflutet.
Haha!

Wir stehen diesen Sommer über Frankreich
sehen bis hinunter auf die Côte d'Azure.
Nizza.
Die Provence.
Gott liebt Frankreich.
Maria liess er deswegen in Lourdes erscheinen nicht
in Polen wie vorgesehen das war ihm ein Anliegen.

PAPST
Was hat die Jungfrau Maria eigentlich gesagt?
Die drei Kinder im Wald haben sie nicht richtig verstanden, sie hat's scheint's nicht so mit dem Französi-
schen. Wahrscheinlich sprach sie hebräisch.

PETRUS
In Lourdes
sagte Maria nur fünf Worte:
Wo geht's hier nach Avignon?
Übrigens
wie war die Auffahrt?
Hast du uns gleich gefunden?

PAPST
Der Raketenaufstieg durch die Wolkendecke
bis in die Stratosphäre hinauf
war ruppig.
Der letzte Teil im Lift war angenehm.
Auch die Sicht war gut.
Auf den braunen Planeten.

PETRUS
Viele Menschen haben Angst vorm Sterben

aber, siehst du
es ist nicht der Rede wert
nur ein Katzensprung.

PAPST
Ich begrüsse das Himmelreich.
Knie mich nieder
und küsse...

PETRUS
Nein!!!
Nicht küssen!!
Der Boden ist schmutzig.

PAPST
spukt
In der Tat!!
Ich habe die Böden
aller Flughäfen der Erde,
ausser Russland,
geküsst.
Ich bin Fachmann sozusagen
der Zungenbodenproben
aber ich muss sagen
dieser Boden hier
schmeckt nicht gut.

PETRUS
Es ist die Hölle.
Ein ordentlich gekleideter Mann, einem Beamten ähn-
lich, mit Sakko und Krawatte, steht vor dem Höllen-
eingang

Darf ich vorstellen:
Mephisto!
Wie du siehst
es gibt ihn also.
stellt vor
Johannes Paul II.
Genannt Wojtila.
Aus Polen
drum der komische Name.

PAPST
Ich kenne dich aus der Bibel,
du bist der Teufel.
Du hast alle Leute verführen wollen
in verschiedenen Rollen
als sogenannter Freund:
Als Kundenberater der Banken.
Als Autoverkäufer.
Als sogenannter Hüter der Messdiener.
Sogar Jesus bis du angegangen
in der Wüste
als er fasten und beten wollte.
Nach zehn Tagen des Fastens hatte er
einen Albtraum.
Er sah ein Schaf
einen Wolf im Schafspelz.
Er hat dich sofort erkannt
und sagte:
Du bist der Teufel!
Weiche Satan.
Führe mich nicht in Versuchung.

PETRUS
Mephisto macht uns eine Führung durch die Hölle.
Haha!
Er geht mit dem Dreispitz voraus
und wir folgen ihm.
Mephisto ist ein guter Kerl.
Ich bin Feuer und Flamme für ihn.
Ich habe mich an ihn gewöhnt.
Er ist nicht schlechter als alle andern.
Pass jedoch haarscharf auf, Johannes!
Was er sagt
stimmt nicht.
Es stimmt das Gegenteil.
Aber nicht immer.
Recht teuflisch ist er.
Er steht nicht nur hier
wie du ihn siehst,
sondern überall kann er sein,
als ein anderer und hat's mit jedem.

MEPHISTO
dreht sich um
Bin Mephisto
Hallo Hallo!
Und zitiere Goethe:
Alles was entsteht
ist wert
unterzugehen.
Die riesigen Höllenhalden,
die du mein Freund
hier siehst...

PAPST
...es ist kalt
der Durchzug!

MEPHISTO
...sind noch nicht angefacht.
Erst beim Jüngsten Gericht.
Wir lüften gerade.
Stickige Luft.
Verschimmelt und rostig die Geräte.
Alles noch nicht benutzt.
Die grosse Zeit steht erst bevor.
Wollt Ihr die grosse Zeit??!!
Jaaa!! Jaaa!!
Jesus entscheidet
Daumen rauf
Daumen runter.
Das ist schon alles.
Hier die KZ-Öfen aus Deutschland.
Erschiessungswände.
Die Gaskammern.
Schmiedeessen.
Schmiedeeisenfussgelenkfessel.
Die diversen Folterbänke
haben wir aus dem Mittelalter übernommen.
Flaschenzüge.
Hämmer. Zangen. Pressen.
Tauchbecken.
Guillotinen
noch von der Inquisition.
Steinschleudern. Mörser.
Dampfkessel. 120-Grad Saunen.

Feuersbrunstanlagen.
Erstickungssäcke
Waterboarding aus den USA
und elektrische Stühle.
Todeswartezellen.
Ernüchterungsanlagen für Alkoholiker,
das tut weh.
Leere-Schwimmbecken-Hochspringtürme
für Sportler.
Und hier das Schlimmste:
Flughafenwartesäle.
Alles schon da gewesen
Jesus bringt nichts Neues, wie du siehst.
Seine Hölle ist das Schlimmste
was man sich ausdenken kann.
Konzentrationslager hoch drei.
Muss man schon sagen.
Oder sogar hoch zehn,
wenn man die zehn Milliarden Menschen nimmt,
die Jesus im Visier hat.
So steht's geschrieben.
Aber nur die wenigsten haben die Testamente
wahrgenommen.
Das Datum musst du ihn fragen.
Er allein bestimmt den Zeitpunkt
des grossen Klassentreffens.
Alle Menschen,
die jemals auf dieser Welt gelebt haben,
ich meine die nach Christi Geburt gelebt haben
(die andern haben einfach Pech gehabt, die Ägypter,
die Alten Griechen und die Dinosaurier oder so, weil
sie von Gott und ihrer eigenen Erlösung noch nichts

wissen konnten),
müssen noch einmal aus ihrer Asche antraben,
als Baby, wenn sie jung
und als Greis, wenn sie alt gestorben sind.
Eigentlich weiss man nicht,
wie man sich entscheiden soll?
Wenn man als Greis wiederkommt
und der Vater zwanzig ist,
gibt's Probleme,
man kann sich das nicht vorstellen
es macht ja auch keinen Sinn
aber es ist nun einmal so.
Wenn ungetaufte Babys sterben, kommen
sie zwischen Himmel und Hölle und bleiben dort
bis in alle Ewigkeit. 2007 hat der Papst Ratzinger
diese Vorhölle abgeschafft.
Man kann darüber denken, wie man will.
Ich weiss auch nicht.
Es ist Ansichtssache.

PETRUS
klopft dem Papst auf die Schulter
Gerüchte sind bis zu uns hier oben
durchgesickert.
Viele Menschen glauben,
der Tag des Jüngsten Gerichts werde bald kommen,
und die Erde
so wie sie heute ist
ein Ende haben.
Die orthodoxen Juden glauben fest,
die Apokalypse gäb's morgen schon,
also nächsten Montag.

So steht's in der Thora!
Dem Maya Kalender nach haben wir noch
sechs Monate Zeit!
Der amerikanischen Teeparty nach noch sechs Jahre
bis zur Erlösung.
Die Japaner glauben an sowas überhaupt nicht.
Sie reden ja auch eine Sprache
die niemand versteht.
Ich persönlich hege die Vermutung,
dass Jesus langsam die Geduld verliert.
Ich glaube ich sehe ein Wetterleuchten.
Wir verabschieden uns hier, Mephisto.
Bis nachher. Ich zeige meinem Kollegen Johannes
noch den Rest vom Paradies.

MEPHISTO
küsst den Ringfinger des Papstes
Auf Wiedersehen!
Bis bald!

DER GARTEN EDEN

PETRUS
Siehst du, Johannes!
Praller Sonnenschein.
Blauer Himmel.
Die Luft ist heute klar.
Oasen mit Quellen
aus denen Manna fliesst.
Hohe Palmen mit Kokosnüssen.
Die wiegen bis zu 6 Kilo.
Musst aufpassen.

Von dem her aber ist deine Mitra
ein guter Kokosnussschutz.
Haha!
Die einzige Gefahr im Paradies
sind eigentlich nur die Kokosnüsse.
Die Trauben sind ungefährlich,
sie hängen bis zum Mund.

PAPST
Ich dachte, Allah haben denen Jungfrauen
versprochen.

PETRUS
Bei den im Koran erwähnten Jungfrauen
handelt es sich um weisse Trauben.
Es ist ein Übersetzungsfehler aus dem Alt-Hebräi-
schen Urtext, den man nicht mehr rückgängig machen
kann. Wenn du dich da unten in die Luft sprengst,
kriegst du hier oben 5 Kilo weisse Trauben,
nichts anderes.
Ich glaube
mit den versprochenen Jungfrauen
hat Allah jetzt ein Problem.
Man hört von weit ein Poltern und Krachen
Die Männer
die du im Schatten dieser Bäume
in braunen Kutten kniend
mit gefalteten Händen
beten siehst
sind Heilige
die nach der Heiligsprechung
laut Dogma

direkt in den Himmel gefahren sind.
Sie hätten ja später mit allen andern,
die ohne Dogma sterben,
kommen können.
Nun müssen sie bis zum Jüngsten Tag
zur gemeinsamen Auferstehung
beschäftigt werden.
Sie beten den ganzen Tag,
was sollen sie sonst tun?
Ihr Unterhalt ist natürlich günstig.
Sie essen praktisch nichts.
Eine Hostie morgens
ein Glas alkoholfreies Manna am Abend
das ist alles.
Vor allem keinen Verschleiss an Jungfrauen,
Maria kann gefahrlos im Garten spazieren gehen
auch abends.
Sie fühlen sich sehr wohl dabei,
nichts anderes gewusst.
Diese Heiligen haben
ausser der kaputten Kniegelenke
keine Gebrechen.
Die Kniearthrosen werden von
Mutter Theresa gepflegt.
In ihrer Sprechstunde
heben die Heiligen die Kutte etwas hoch
bis zum Knie,
mehr nicht,
denn damals gab's noch keine Unterwäsche.
Dahinten siehst du ihr Lazarett.
Auch nachts für Notfälle geöffnet.
Mutter Theresa kennt keine Müdigkeit.

Sie schläft nie.
Da sie von Medizin nichts am Hut hat,
nie was davon gehört
und es hier oben sowieso keine
Rheumamedikamente gibt
empfiehlt sie gegen die chronischen
Kniebeschwerden das Beten im Stehen.

PAPST
Was bedeutet dieses Poltern und Krachen?

PETRUS
Das sind die Engel
die runter krachen.
Siehst du am Himmel.
Wie voller Schwalben
im Flatterflug.
In der Tat sind es Engel
die wieder fliegen lernen
die die Gläubigen auf Erden
auf Schritt und Tritt begleitet haben
und dabei verunfallt sind.
Von einer Leiter gefallen.
Auf einem Zebrastreifen in ein Auto gerannt.
Auf einer Bananenschale ausgerutscht.
Meistens haben sie gebrochene Flügel.
Da Engel nach Dogma
unsterblich sind
müssen sie rezykliert werden
wieder lernen
in den Beruf einzusteigen.
Invalidenversicherung unlimitiert,

Simulanten werden jedoch hart bestraft:
sie müssen einen Monat in Behandlung
zu Mutter Theresa.
Seit sie das wissen,
gibt es keine Simulanten mehr.
Sie schätzen das Fliegen im Freien umso mehr.
Engel sind schwerer als Schwalben
das muss man wissen.
Ein Durchschnittsengel wiegt 17 Kilo.
Adipöse Engel bis zu 70.
Die schicken wir dann auch zu Mutter Theresa,
dort sind sie schnell wieder auf Normalgewicht.
Was du da krachen hörst
sind die gefallenen Engel.
Siehst du dort am Weg entlang
die Kirschbäume in rosa Blüte
die Blust!
ein Kracher
Schau!
Da ist ein Engel in den Baum geplumpst,
bleibt im Geäste hängen.
Lässt rosa Blüten schneien.
Petrus ruft zum Engel im Baum
Ich habe dir gesagt
du bist kein Kamikaze
du musst aufpassen
langsam landen
langsam!
Das Fahrgestell rausgeben.
Bleib so hängen!
Mutter Rega-Theresa bringt dir eine Leiter.
(zum Papst)

Ich kenne diesen Engel
er stürzt seit Jahren ab
wird das Fliegen wahrscheinlich nie mehr lernen.
Er hat in den 70er Jahren
einen gebrochenen Flügel abbekommen
ein komplizierter Bruch war's
nicht primär verheilt
bei einem Autounfall in den USA
wo Senator Ted Kennedy
in den frühen Morgenstunden
mit seinem Chrysler
und seiner Sekretärin am Beifahrersitz
in einen Abhang stürzte
das Auto sich ein paarmal überschlug
und im Fluss Chapadiquickfick landete.
Kennedy und seine Sekretärin blieben unversehrt.
Kennedys Schutzengel musste hinten sitzen
wo er nicht angeschnallt war.
Johannes!, siehst du dort am Brunnen
die strickende Frau im blauen Gewand sitzen?
Es ist die Jungfrau Maria.
Sie strickt Strampelhosen für das Jesuskind.

PAPST
Die Mutter Gottes!
Ich erkenne sie.
Absolut so wie in Lourdes!
Über dem Kopf der gelb leuchtende
EU-Sternenkranz!
Kannst du mich ihr vorstellen!
Bitte!
Bitte!

PETRUS
Sprich sie nicht an.
Sie redet nicht viel und nicht gerne
sie ist kein Wasserfall
sie liebt eher die Quellen.
An ihrem Erscheinungsort entstehen Quellen.
Am liebsten erscheint sie dort
wo schon Quellen sind.
Im Gespräch ist sie kurz gehalten.
Ein paar Begrüssungsworte
mehr nicht:
Wie geht's? Wie war der Tag?
Was macht die Gesundheit?
Wie geht's der Grossmutter?
In Polen sagte die Schwarze Madonna von Krakau dir
in die Wiege
den folgenschweren Satz:
Alle Wege führen nach Rom.
Johannes!
Du hast den Satz ernst genommen.
Ein wahrhaft schwarzer Tag!
Haha!

PAPST
Darf ich ihr nur den Ringfinger hinhalten?

PETRUS
Nein!
Das mag sie nicht.
Seit ihrer ungewollten Schwangerschaft
fühlt sie sich in solchen Situationen sofort bedrängt
wird weggehen

und nicht mehr erscheinen.
Schau mal!
Wir nähern uns dem Hauptquartier!
Ich werde dir die drei vom Himmelfahrtskommando
vorstellen.
Haha!

PAPST
Ich freue mich
Gott endlich kennenzulernen.
Ich habe ihn nie gesehen.

PETRUS
Niemand hat Gott jemals gesehen.
Ausser wir im Himmel.
Ich bin Duzis mit ihm.

PAPST
Was macht er so den ganzen Tag?

PETRUS
Nichts

PAPST
Wie sieht er aus.
Ist er älter geworden?

PETRUS
Für ihn gibt es keine Zeit.
Wie bei Schneewittchen, sie ist ja auch nie älter
geworden.
Er sieht so aus wie du ihn von den Rubens Bildern an

der Vatikandecke her kennst,
wo er dem Menschen seinen Zeigefinger hinhält.
Du kennst ja die Geste.

PAPST
Das Rubensbild find ich gut.

PETRUS
Ich auch.
So kann man sich ihn gut vorstellen.
Von Allah gibt es kein Bild.
Er wollte nicht.
Die Idee ist nicht schlecht.
Gott und Jesus
und auch der Heilige Geist haben das verpasst.
Bis heute hat Gott einen Vollbart
Jesus schulterlange Hippiehaare
und ein Lamm am Arm
Maria ein nacktes adipöses Baby auf dem Schoss.
Der Teufel ist rot
hat eine lange Nase und einen langen nackten Schwanz
mit Quaste.
Die Engel sind beflügelte herumfliegende Jünglinge
in Frauenkleidung oder Putten, wenn sie noch jung
sind.
Die Heiligen tragen hinterm Kopf einen schweren
Heiligenschein aus Eisen, der schmerzt, da er im
Nacken mit drei Schrauben fixiert ist.
Soo!!
Da sind wir im Weissen Haus.

Personen: Gottvater, Jesus, Taube, Petrus, Papst und Erzengel Michael

PETRUS
Ich stelle vor.
Hier ist Gott.
Papst kniet nieder und will den Boden küssen

GOTTVATER
Nein!!!!
Der Boden ist...!

PAPST
Ich weiss.
Ich habe ihn draussen schon gekostet.

PETRUS
Jesus!
der Papst hält Jesus den Ringfinger hin, der ihn küsst

JESUS
Mein Fels auf Erden!
Was gibt's in Rom?

PAPST
Zu viele Touristen.

JESUS
Ich habe Sie am Fernsehen gesehen.

PAPST
You can say you to me!

JESUS
Danke.
Du auch.
Du bist in allen Ländern der Erde gewesen.

PAPST
Ausser in Russland.

JESUS
Ich weiss davon.
Warum diese Scham,
einem russischen Präsidenten die Hand zu schütteln?
Ich habe Huren die Füsse geküsst.
Papst kniet nieder, um Jesus' Füsse zu küssen

PETRUS
Lass das!!!!
Du bist nicht Jesus, der küsst.
Du bist nur sein Stellvertreter im Vatikan...

PAPST
...und in Castelgandolfo im Sommer.
Mit Schwimmbad und Tennisplatz.

JESUS
Ich weiss.
Ich habe dich dort Tennis spielen gesehen.
Gegen Björn Borg.
Am Fernseher.

PAPST
Ich habe gewonnen.

6-0 / 6-0.
Ich glaube, er hat mich gewinnen lassen.

JESUS
Ich liebe Tennis.
Hier oben ist bisweilen nichts los,
ich langweile mich.
Ich würde gerne gegen Björn Borg Tennis spielen.

GOTTVATER
Björn Borg hat den Tennisarm
er spielt schon lange nicht mehr.

JESUS
Vater!
Lass mich runter gehen!
Nur ein Jahr!
Ich würde die ATP Weltrangliste auf den Kopf stellen.

GOTTVATER
Du bist schon einmal unten gewesen.
Und das ging schief.
Sie haben dich gekreuzigt.
Ich will das kein zweites Mal.
Spiel mit Petrus.

JESUS
Petrus spielt nur Boule.
Pétanque.
Das ist alles was er kann.
Pastis trinken.
Er ist wie du ein richtiger Franzose.

GOTTVATER
Du hast recht.
Ich fühle mich hier wie Gott in Frankreich.

PETRUS
Und hier noch der Heilige Geist.
zeigt auf die tote Taube im Käfig

PAPST
Ich kenne die Taube
aber im Flug
mit aufgeschlagenen Flügeln.
Warum ist sie im Käfig?

PETRUS
Sie würde sofort davon fliegen.
Ein freiheitsliebender Geist.
Sie war immer im Käfig,
seit ich sie kenne.
Rubens hat auf seinen Altarbildern
den Käfig einfach weggelassen,
weil die Käfighaltung den Betrachter an die Inquisition erinnert hätte.
Amnesty protestiert heute sowieso
gegen Käfighaltung.
Papst geht auf den Käfig zu, den Ringfinger hinhaltend
Nein!!!
Pass auf
der ist heute nicht gut drauf.
Der hackt dir den Finger ab!
Bleib stehen, wo du bist.

Der da im Käfig spielt nur den toten Vogel.
Macht sich nur lustig über dich.
Der will nichts anderes als raus
und rumfliegen.

GOTTVATER
zum Papst
Nimm doch Platz.
Erzähl uns
wie die Reise war!

PAPST
Die Beschleunigung
über die zweite Schallmauer hinaus
hat mir fast die Trommelfelle verrissen.
Auf Satellitenbahn angelangt,
ging es dann wieder gut.
Wie hoch sind wir eigentlich hier oben?

GOTTVATER
Nicht sehr hoch.
Auf der ersten satellitenfähigen Umlaufbahn.
Von noch höher oben
könnte ich mit blossem Auge
nicht mehr unterscheiden,
was da unten passiert.
Wir haben zwar die Satellitenbilder der NASA
zur Verfügung,
aber ich muss noch genauer hinsehen können.
Auf den NASA Bildern
kann ich nicht mehr unterscheiden
ob jemand da unten masturbiert

oder nur über die Strasse läuft.
Zur Not
siehst du
habe ich hier
das ausziehbare Navigationsfernrohr,
das uns Kapitän Haddock mitgebracht hat,
mit dem du alles siehst
auch nachts.

PAPST
Auch nachts?

GOTTVATER
Ja.
Bis nach Polen.
Ich erinnere dich an deine Warschauer Studenten-
jahre im katholischen Wohnheim als du nicht ein-
schlafen konntest.

PAPST
Ich weiss.
Ich weiss.
Ich war ja aber auch nicht allein.
Wir waren sieben Theologiestudenten
in einem Schlafraum.
Jugendsünden!
Schon lange gebeichtet,
vergeben und vergessen.

PETRUS
Mach dir nichts draus.
Uns Jüngern ist das auch passiert.

Aber wir waren nicht sieben
sondern zwölf.
Für Männersachen
solange keine Frau dabei ist
kommst du nicht in die Hölle.

PAPST
Ich freue mich auf jeden Fall
Euch hier oben zu sehen!
Alles bekannte Gesichter.
Und die Heiligen!, die im Paradies rumsitzen.

GOTTVATER
Heilige sind bis jetzt nur wenige da.
Die paar Apostel.
Jesu Lieblingsjünger Johannes,
der bei Da Vincis Abendmal auf Jesu Schoss sitzt,
den er lebend mit raufgebracht hat.
Franz von Assisi, der mit den Tieren redet,
der zu den Tauben schaut, dass ihnen nichts passiert
und zu den Kühen, die Manna geben.
Mutter Theresa, sie führt das Rheumaasyl.
Die Alten Propheten natürlich,
die mich vorausgesagt haben.
Der blinde Jesaja
dem 700 v. Chr. eine Schwalbe beim Sturzflug
in die Augen geschissen hat.
Seit er bei Mutter Theresa in Behandlung ist,
sieht er wieder Umrisse.
Hell und Dunkel.
Er bewegt sich frei,
ohne Blindenstock,

an den Kokospalmen vorbei.
Eine Kokosnuss auf den Kopf
wäre folgenschwerer
als ein weiterer Vogelschiss in die Augen.
Dann noch paar ältere Heilige
aus dem Alten Testament.

PAPST
Was du nicht sagst!
Ich allein habe dir
in meinem Pontifikat
ungefähr 5000 Heilige geschickt,
darunter zwei Frauen.
Wo sind die alle?

PETRUS
Wir wissen es nicht.
Sie sind untergegangen.
Keinen gültigen Pass.
Kein Platz für 5000.
Der Himmel
den Gott vorgesehen hatte
ist klein
so gross...
wie Belgien.
Und stelle Gott keine Fragen.
Vielleicht hast du zu viele Heilige geschickt.
Überflüssige.
Du bist übrigens auch noch nicht im Himmel!
Vielleicht schickt dich Jesus ja
beim Letzten Gericht
in die Hölle.

nimmt den Papst um die Schultern
Du warst nämlich nicht bescheiden.
Eine Todsünde bei Päpsten!
Du bist in aller Welt rumgeflogen.
Du hast dich zelebrieren lassen
von denMenschenmassen.
Es gibt kein Land
das du nicht mit Pomp
und Firlefanz
besucht hättest.
Ich sage dir
Gott aber ist intim,
in deinem Herzen.

PAPST
Stimmt nicht ganz.
Ich war nicht in Alaska
Grönland und nicht in Russland.

PETRUS
Du hältst dich für den Papst, nicht wahr?
Im Traum hattest du jedoch manchmal Zweifel
doch nicht der Papst zu sein,
den Jesus auf diesen Felsen gesetzt hat.
Solche Albträume verfolgen alle Päpste.
Immer wieder mal der Zweifel:
Und wenn alles nicht wahr wäre?
Ist es nur ein Spiel?
Ein Theaterspiel?
Ich bin der Papst, der Papst, der Papst.
Wer sagt hier
ich sei nicht der Papst?

Du siehst den Papst im Spiegel,
nicht dich.
Du trägst Purpur.
Weite Röcke.
Ein rotes Käppi.
Louboutin-Designer-Schuhe mit roten Sohlen.
Eine golden bestickte Mitra.
Einen Platinfingerring.
Du hast den Papst als Rolle gespielt
wie ein Schauspieler.
Wie der Tenor im Rigoletto.
La donna è mobile,
mit Rock
und Ballettschuhen.

PAPST
Habe ich nicht gut gespielt
und getanzt?

PETRUS
So gut wie man Verdi halt spielen kann.
Du wolltest glauben machen,
der VertreterGott zu sein.
Und alles Volk am Petersplatz
verfalle in Glanz und Gloria
deinen Theaterauftritten.
Deine Arroganz
ist deine Todsünde.

Krach! Bum! Banggg!!
Donald Duck stürzt herein. Motorisch überdreht. Schüt-
telt allen die Hand.

DONALD
zu Gottvater
Ich wusste,
du stehst im Frühling über Paris.
Da komm ich schnell Grüss Gott sagen.
Bien le bonjour!
Monsieur!
Den ganzen Tag Disneyland in Paris
Ich bin geschafft!
Kaum zu glauben
hunderttausend Wochendbesucher.
Alle nur wegen Mickey Mouse.
Nicht meinetwegen.
Einmal im Leben Mickey Mouse sehen.
Taubenstimme im Raum:
Einmal eine Jungfrau sehen!!

DONALD
zum Papst
Hey man!
Cool!
Wer bist du?

PAPST
Ich bin der Papst.
Der einzige Gottvertreter auf der Welt.
Wir haben im Vatikan zwar noch einen Papst im Keller sitzen,
einen deutschen Reservepapst.
Haha!
Im Moment sind wir zwei.

DONALD
Deine Tracht find ich super!
Wer was für Entenhausen.
Megageil!
Wo hast du die Idee her?
Echt Klasse!
Der Faltenrock.
Die Farbenpracht...
und der Hut!!
Wäre toll für Disneyland inParis!!
Wir suchen immer nach neuen Ideen.
Und deine Gestik!
Die Arme ausbreiten...
Die Luft mit der Handkante spalten
und alles segnen, was daherkommt.
Die Kinder.
Die Anziani vom Pflegeheim.
Die Kühe.
Die Traktoren.
Die Harleys.
Ich habe dich am Fernsehen gesehen,
die Luft spalten.
Du musst in allen Ländern der Erde gewesen sein.

PAPST
Ausser...

PETRUS
Johannes!
Du wiederholst dich.

DONALD
Und die Körperdrehung über einen Fuss.
Wie Ballett.
Ein mittelalterliches Rondo.
Wunderbar.
Zeig mir mal deinen Hut...
Was ist denn das?

PAPST
Das ist eine Mitra.
Ich trag sie sogar beim Schlafen.
Oder beim Duschen
zum nicht nass werden
Haha!

DONALD
Dann ist sie wasserdicht
für mich wär das gut.
Als Ente bin ich viel auf dem See.
Gib mal her!
setzt die Mitra auf
Die rutscht mir ja bis zum Schnabel.
Müsste Daniel Düsentrieb mir einnehmen.
Was macht ihr denn mit einem Papst,
der einen zu kleinen Kopf hat?
Hihi!
Probier mal meine Mütze!
Wow!
Steht dir gut.
Zu klein,
du hast natürlich einen Dickschädel.
Bei uns Enten sagt man

einen Wasserschädel!

Meine ist eine normale Schiffermütze.

Blau mit weissem Band.

Poppig!

Mega in!

Supergeil!

Just wonderful!

Ich kann dir meine Mütze ausleihen,

gegen die Mitra.

Meine Leute hätten einen Riesenspass.

Deine auch!

Hihihi...

GOTTVATER

Wie geht's Mickey?

DONALD

Das totale Burnout!

Sie musste nach Florida

Golfspielen gehen.

Eine Woche richtig erholen.

Ich musste für Mickey einspringen.

Zwölf Vorstellungen am Tag.

Stellst du dir Disneyland in Paris ohne Mickey vor?!

Wäre schlimmer als ein Streik der Türsteher

Ich! Die kleine Maus spielen,

stell dir vor!

Mich in ihr kleines Kostüm hineinzwängen!

In die Maske mit Poppelnase

und den grossen Mausohren

und die weissen Lederhandschuhe,

alles zu eng.

In dieser klebrigen Frühlingssonne in Paris.
Eine Stunde Mittagspause.
Immer alle Aufstellen fürs Familienfoto.
Zusammenrücken.
Die Kinder.
Die Babys.
Noch ein Foto mit Omi und Opa.
Und ich immer das grosse Mickey Lachen drauf.
Die Ohren rund und steif.
Die Enttäuschung wenn die gewusst hätten
dass es gar nicht Mickey ist!!
Unter der Maske keine Maus
in Wirklichkeit nur Donald
der Einfaltspinsel
über den man lacht,
immer
den man nie ernst nimmt:
Der Volksunwillen in Paris!
Die Demo!
Die Panik!
Geld zurück!
Aber sooo!
Obwohl ich nicht die richtige Mickey bin,
gehen alle glücklich nach Haus.
Geht schlafen Kinder!
Hopp ins Bett!
War ein schöner Tag
den ihr nie vergessen werdet.
Ihr werdet morgen in der Schule erzählen
was ihr erlebt habt
die andern Kinder giggerig machen
den Mund wässrig.

Wenn ihr einmal gross seid
erwachsen
werdet ihr erzählen können:
Als ich Kind war, habe ich einmal Mickey gesehen.
Die wahre Mickey Mouse.

PAPST
Wenn ich mal fünf Tage im Bett bin...
PETRUS
..mit wem?

PAPST
Mit der Grippe!
Beide lachen
Haha!
..dann habe ich einen Doppelgänger als Ersatz.
Man kann der Menschenmasse am Petersplatz
nicht sagen:
Der Papst hat heute Brechreiz
er kann nicht ans Fenster kommen.
Irgendjemand verkleidet sich
und stellt sich ans Fenster,
das Händehochhalten und Segnen ist schnell gelernt.
Ein Voodoo-Tanz.
Es geht nicht um den Menschen.
Es geht nur darum einen Papst zu spielen.

DONALD
Ich versteh das schon.
In Wahrheit bin ich ja auch für die Leser
meiner Comics
keine Gans,

sondern Donald.
Obschon ihnen klar ist,
dass ich tatsächlich eine Gans bin,
wollen sie es nicht wahrhaben.
Ein Leben ohne Donald
oder ohne Papst
wäre nicht lustig.

GOTTVATER
Hier oben ist es ebenfalls nicht lustig,
nicht sehr lustig,
kann ich dir sagen.
Die Jahre vergehen
langsam.
Komm öfter rauf zu uns!
Mit dir ist gut lachen.
Ich kann das nicht mehr. Nach all den Jahren.
Du bist noch jung!
Ich habe deinen Vater
Walt Disney
noch gekannt
er war lustig
wir haben viel gelacht miteinander.
Wann ist er gestorben?

DONALD
1966, in Kalifornien.

GOTTVATER
Er hat dich geschaffen.
Ohne ihn
hättest du von dieser Welt nichts gewusst.

DONALD
Er hat mich geschaffen
und unsterblich gemacht.

GOTTVATER
Wenn du willst
kannst du bei mir übernachten.
Du schläfst ruhiger hier oben.
Petrus hat letzte Woche mit seiner neuen
Kalaschnikow den Bip-Bip-Sputnik abgeschossen.
Der Nachtlärm über Paris und der Place Pigalle ist
unerträglich geworden.

DONALD
Ich muss runter zur Arbeit.
Mickey vertreten.
Sie ist total erschöpft.
Ist nach Florida Golf spielen.
Zum Erholen.
Ein Burnout.

GOTTVATER
All das hast du mir vor fünf Minuten bereits erzählt.

DONALD
Ist das wahr?
Ich glaube Gänse altern schneller.
Sie wiederholen sich
und sagen immer dasselbe.
Gansheimer!

GOTTVATER
Wem sagst du das.

DONALD
Das hab ich soeben dir gesagt.
Hast du's vergessen?
Gottvater steht auf und will rausgehen

JESUS
Wo gehst du hin?

GOTTVATER
Ich muss mal.

JESUS
Das meinst du nur so.
Setz dich wieder hin.
Bleib schön da sitzen.

GOTTVATER
zu Donald
Ich habe Angst vor Alzheimer.

DONALD
Vergiss das.

GOTTVATER
Donald!
Du bist der lustigste Mensch den ich kenne!
Und der einzige,
der nicht vom Affen stammt!

DONALD
Tick, Trick und Track
sind 6, 7 und 8 Jahre alt.
Wie vor 60 Jahren
als mein Vater sie in die Welt gesetzt hat.
Sie sind wie du
jung geblieben!

GOTTVATER
lacht
Ich bin tatsächlich jung.
Die Dinosaurier habe ich leider nicht mehr erlebt,
die waren vor mir schon ausgestorben.
Aber ich habe ihre Knochen gesehen,
die sind schon sehr gross.
Jesus hat mich als erster erwähnt, vorher wusste man
nicht so recht.
Die Propheten natürlich schon,
die munkelten.
Der weitsichtigste war Jesaya, der an einer Strassen-
ecke sass und ein Schwalbe im
Sinkflug...

JESUS
..Das hast du schon ein paarmal erzählt.

GOTTVATER
Die Schwalbe war in der Tat ein Bote Gottes.
Da sah der blinde Jesaya als erster Mensch überhaupt
ins Jenseits hinein
und sagte:
Der Herr wird kommen.

Und euch richten.
Seid allzeit bereit.
Es wird nicht mehr lange dauern.
Vielleicht schon Morgen früh.

DER KONGRESS

JESUS
Petrus!
Ist alles bereit?

PETRUS
Ja, Meister.
Der Saal ist soweit voll.
Schaut in den abgedunkelten Saal
Fast alle Heilige sind da.
Die Propheten.
Ein paar kaputte Hüft- und Kniegelenke aus Mutter
Theresas Klinik.
Die Jungfrau Maria ist noch nicht da,
sie wird heute Abend jedoch ein paarmal erscheinen.
Ich begrüsse Allah.
Sie sehen ihn nicht,
da es von ihm keine Bilder gibt.

ALLAH
Stimme
Salam Aleikum!

GOTTVATER
Ich habe dich lange nicht gesehen, Allah!

Kollege.
Schön, dass du da bist.
Ich freue mich.
Was möchtest du trinken?
Jesus bricht Brot und trinkt Wein.

ALLAH
Ich trinke keinen Alkohol.
Ich trinke Tee.
Ich muss nur aufpassen,
dass Jesus ihn nicht in Wein verwandelt!
Haha!

PETRUS
Erzengel Michael wird uns
in den religiösen Diskussionsabend einführen.

ERZENGEL
tritt ans Rednerpult
Ich bezeuge
Maria damals im Traum erschienen zu sein
mit der Mitteilung,
sie sei schwanger
aber nicht von Josef.
Das glaube sie gerne,
sagte sie,
denn ihr Mann Josef habe sie bis jetzt verschont.
Sie sei Jungfrau geblieben.
Sie wisse nicht,
wieso sie schwanger sein könne.
Ich weiss, antwortete ich,
das sagen alle.

Aber in deinem besonderen Fall stimmt es.
Das Kind, das du im Bauch trägst,
ist nämlich Gottes Sohn.
Gott hatte keinen sogenannten
Geschlechtsverkeht mit dir.
Du bist tatsächlich Jungfrau geblieben.
Der göttliche Samen wurde dir eingeträufelt.
Wie Hustentropfen?, fragte sie.
Man weiss so genau nicht, sagte ich.
Aber soviel steht fest,
du wirst in einem Stall gebären.
Neben einem Esel.
Muss mein Mann denn unbedingt dabei sein,
fragte sie.
Ja! sagte ich.
Wir brauchen ein schönes Familienfoto.
Du willst wohl nicht als alleinerziehende Mutter in
die Geschichte eingehen?!

PETRUS
Michael!
Papst Johannes Paul III. will was sagen!
Papst hebt die Hand

PAPST
Ich bin Johannes Paul II.
Ich möchte folgendes Statement machen:
In der heutigen modernen Theologie
gehen wir davon aus, dass Jesus nicht in einem Stall
zur Welt gekommen ist,
sondern in einem Spital durch Kaiserschnitt
wegen Beckenendlage, er war verkehrt

hineingelegt worden, ohne diese Operation
wäre die Jungfernschaft Marias aus
heutiger medizinischer Sicht nicht erklärbar.
Die Sectio caesarea
von Kaiser Julius Cäsar erfunden,
war damals gang und gäbe.
Papst Pius IX.. oder der X.,
ich weiss nicht mehr genau,
den ich im Jahr 2000 heilig
gesprochen habe, der sollte eigentlich hier sein, hat
die Jungfräuligkeit Marias in einem Dogma festge-
halten.

ERZENGEL M.
Ich muss Sie leider unterbrechen,
Papst Johannes Paul XIII.,
das mit den Dogmen ist halt
so eine Sache!
Das Konzil von Konstanz beschloss im Jahr 1614,
die Engel seien geschlechtslos,
weder Junge noch Mädchen.
Vom dritten Geschlecht, das was die Engel
heute haben, konnten die Bischöfe damals nur
träumen.
Hier irrt das Dogma.
Am selben Konzil wurde beschlossen, die Engel
könnten auf einer Nadelspitze tanzen.
4 bis 6 Engel könnten dies gleichzeitig tun,
ohne runterzufallen.
Ich kann Ihnen sagen, wir haben das seither immer
wieder probiert, aber es ging beileibe
nicht. Die Engel verletzten sich am dicken Zeh

und bluteten massiv. Sie fielen regelmässig
von der Nadel und haben sich beim Stürzen
die Glieder verrenkt und auch mal
einen Flügel gebrochen.

PAPST
Ich bin Papst Johannes der II.,
nicht der XIII., wie Sie fälschlicherweise behaupten.
Das Sie sich beim Nadelspitzensturz die Schulter aus-
renkten und der Flügel gebrochen
ist, ist nicht glaubwürdig.
Das nimmt Ihnen niemand ab.
Sie haben vielmehr einen Sturz
aus grosser Fallhöhe erlebt,
am Rücksitz eines Chryslers
in Amerika
in einem nicht angeschnallten Zustand
einen Abhang hinunter in den Chapadiquickfick.
Sie haben ihr Überleben nur dem Dogma
zu verdanken,
dass die Engel unsterblich sind.
Ich werde trotzdem in Rom bei der Sportabteilung
den Antrag stellen, beim
Nadelspitzentanz die zulässige Fallhöhe
neu zu vermessen
und bei der wissenschaftlichen Abteilung
das Geschlecht der Engel neu zu bestimmen.
So auch das fehlende Geschlecht der Heiligen
in Erwägung zu ziehen. Die Heiligen sind
womöglich nicht geschlechtslos gewesen.
Vielleicht waren sie Menschen
wie alle andern auch.

GOTTVATER
Allah!
Was meinst du? Sind die Engel Buben oder Mädchen?

ALLAH
Solang sie verschleiert sind...

GOTTVATER
Es geht hier um die Gretchenfrage:
Wie hast du's mit der Sexualität?

ALLAH
Wir haben im Moment ein Problem,
ein grosses Problem,
einen erhöhten Bedarf an Jungfrauen,
fast täglich steht ein Märtyrer da
und verlangt nach 72 Jungfrauen.

GOTTVATER
Mein lieber Allah!
72 Jungfrauen sind viel
vor allem wenn jeden Tag ein Märtyrer
vor der Tür steht.
So viele Jungfrauen kenne ich selber auch nicht.

ALLAH
Ich dachte an die Nonnen
aus dem Mittelalter,
die in den Klöstern rein geblieben sind.

GOTTVATER
Mein lieber Allah!

All die Nonnen, Millionen davon,
die sich im Lauf der Zeit
nicht beschmutzt haben, sind noch nicht hier oben,
wir müssen sie erst von den Toten
auferstehen und raufkommen lassen.
Das Wiedererwecken von den Toten
gibt jedoch ein Problem.
Das Mittelalter ist ziemlich verwaist,
bei den Geköpften der Inquisition
fehlt meistens der Kopf,
der verloren ging.
Sag deinen Märtyrern einfach,
sie müssten noch warten mangels...

ALLAH
Bei uns gibt es wie bei euch,
das Weltgericht des Jüngsten Tages,
auf das wir warten müssen.
Aber bei den Märtyrern gilt es, Paradies sofort.
Nach dem ersten Knall
stehen sie schon hier oben.
Ich glaube, dass wir im Koran
zu viel versprochen haben:
Nie unzufriedene Jungfrauen.
Mit grossen runden Brüsten die nicht hängen.
Mit keuschem zurückhaltenden Blick.
Nicht menstruierend, nicht urinierend,
nicht stuhlend und ohne Kinder.
Alle mit anregenden Vaginas.
Der Penis der Männer wird nie erschlaffen.
Die Erektion wird ewig sein,
und die sexuelle Kraft haben,

100 Frauen nacheinander zu befriedigen.
Kein Problem indes sind die Märtyrerinnen,
die sich in die Luft jagen.
Sie fordern hier oben keine Jungfrauen
als Belohnung und keine hundert Männer.
Einen Mann aber kriegen sie als Belohnung zurück,
ihren Ehemann.

GOTTVATER
Ich glaube, Allah,
dass ich dir mit einer geeigneten Lösung helfen kann.
Meines Wissens nach lässt sich
die Jungfernschaft wieder herstellen
und mehrfach benutzen.
Prof. Dr. Bertolami vom Klinikum
Santo Spirito in Rom,
führt schönheitschirurgische
Jungfernhaut-Operationen durch:
Neue Technik
ambulant
Lokalanästhesie,
es tut nicht weh.

ALLAH
Ei.Ei.
Ei.Ei.
Interessant.
Wie geht denn das?

GOTTVATER
Er näht
unter sterilen Bedingungen

mit Seidenfaden
eine Jungfernhaut ein
ein hauchdünnes Stück Prosciuto.

ALLAH
Geht das auf Krankenkasse?

GOTTVATER
Nimmt er normalen belgischen Schinken
geht's auf Krankenkasse.
Bei Privatpatientinnen,
die mehr zahlen
und auch selber zahlen müssen,
gibt es Parmaschinken.

ALLAH
schreit
Lieber Kollege!
Ich verlasse diesen verfluchten Raum.
Du weisst sehr gut,
dass wir kein Schweinefleisch essen
bevor er die Ausgangstür zuknallt, ruft er zurück
Arschloch!!!

JESUS
tritt ans Rednerpult fürs Hauptreferat
Ich sage euch:
Als das Lamm das erste Siegel öffnete,
sah ich ein weisses Pferd.
Der auf ihm sass, hatte einen Bogen.
Das Lamm öffnete das zweite Siegel.
Ich sah ein feuerrotes Pferd.

Und dem, der auf ihm sass, wurde ein grosses Schwert
gegeben.
Als das Lamm das dritte Siegel öffnete,
sah ich ein schwarzes Pferd,
und der, der auf ihm sass,
hielt eine Waage in der Hand und richtete.
Wenn dich dein Auge zum Bösen verführt,
dann reiss es aus. Es ist besser für dich,
einäugig in den Himmel zu kommen,
als zweiäugig in die Hölle.
In den Himmel kommen nur die Männer,
die sich nicht mit Frauen befleckt haben.
Und die Weiber, die nicht von Männern
berührt waren.
Ich sage euch:
Von einer Frau nahm die Sünde ihren Anfang,
ihretwegen müssen wir alle sterben.
Nichts Schändlicheres gibt es als das Weib,
durch nichts richtet der Teufel mehr
Menschen zugrunde als durch das Weib.
Gott will keine Ehe mit fremdländlichen Frauen.
Alle fremden Frauen
und die Kinder, die von ihnen geboren sind,
hinaustun.
Heiliger Franz von Assisi:
Wer mit dem Weibe verkehrt,
der ist der Befleckung seines Geistes ausgesetzt.
Heiliger Thomas von Aquin:
Die Frau ist ein misslungener Mann.
Der wesentliche Wert der Frau liegt
in der Gebärfähigkeit
und ihrem hauswirtschaftlichem Nutzen.

Mädchen entstehen nur bei schadhaftem Samen.
Ich sage:
Verkehre nicht mit einer Saitenspielerin,
damit du nicht von ihren Tönen gefangen wirst.
Und nicht mit einer Dirne,
damit sie dich nicht um dein Erbe bringt.
Die lüsterne Frau verrät sich
durch ihren Augenaufschlag,
an ihren Wimpern wirst du sie erkennen.
Wenn Zions Töchter hochmütig sind,
mit verführerischen Blicken daherkommen,
trippelnd daherstolzieren
und mit ihren Fussspangen klirren,
wird der Herr ihren Schmuck wegnehmen;
die Ohrgehänge,
die Sonnen und Monde,
die Arm- und Fusskettchen,
die Prachtgürtel,
die Riechfläschchen,
die Amulette.
Die Fingerringe und Nasenreifen.
Ich sage euch:
Ein schönes Weib ohne Zucht
ist wie eine Sau mit einem goldenen Ring durch
die Nase.
Frauen dürfen in der Kirche nicht singen.
Lieber mit einem Drachen zusammen hausen
als mit einer bösen Frau.
Die schweigsame Frau
ist eine Gottesgabe.
Wegen einer Frau kamen schon viele ins Verderben,
sie versengt ihr Liebhaber wie Feuer.

Das Lamm öffnete das vierte Siegel,
da sah ich ein fahles Pferd
und der, der auf ihm sass,
war der Tod.
Als das Lamm das fünfte Siegel geöffnet hatte,
sah ich unter dem Altar die Seelen aller,
die wegen meines Wortes
hingeschlachtet worden waren
und mit lauter Stimme riefen:
Herr!!
wie lange zögerst du noch Gericht zu halten,
um unser Blut an den Ungläubigen dieser Erde zu
rächen?
Da wurden allen, die rein geblieben waren,
ein weisses Kleid gegeben und gesagt,
sie sollten nur noch kurze Zeit warten,
bis die volle Zahl der Heiligen erreicht sei.
Und ich sah:
Das Lamm öffnete das sechste Siegel.
Da entstand ein gewaltiges Beben.
Die Sonne wurde schwarz wie ein Trauergewand
und der ganze Mond wurde wie Blut.
Die Sterne des Himmels fielen herab auf die Erde,
wie wenn ein Feigenbaum seine Früchte abwirft,
wenn ein heftiger Sturm ihn schüttelt.
Die Könige der Erde,
die Reichen und die Mächtigen
verbargen sich in den Höhlen und Felsen der Berge.
Sie sagten zu den Felsen und Bergen:
Fallt auf uns und verbergt uns
vor dem Blick dessen, der auf dem Thron sitzt,
und vor dem Zorn des Lammes.

Denn der grosse Tag des Zorns ist gekommen.
Wer kann da bestehen?
Hagel und Feuer, die mit Blut vermischt sind,
fallen aufs Land.
Ein Drittel des Meeres wird zu Blut.
Das Wasser wird bitter
und viele Menschen sterben am bitteren Wasser.
Die Sonne, der Mond und die Sterne verlieren an
Leuchtkraft,
der Tag wird um ein Drittel dunkler.
Ein Engel fliegt hoch am Himmel
und ruft mit lauter Stimme:
Fürchtet Gott!
Denn die Stunde seines Gerichts ist gekommen.
Die ersten Freigekauften, die zu Gott aufsteigen,
sind die Männer, die sich nicht mit Weibern befleckt
haben:
sie sind jungfräulich geblieben
und ohne Makel.
Nicht gefüllt vom abscheulichen Schmutz
der Hurerei.
Das Tier wird die Hure hassen,
ihr alles wegnehmen, bis sie nackt ist,
ihr Fleisch fressen
und sie im Feuer verbrennen.
Ich sage euch heute:
Ich habe mir's anders überlegt.
Schreiben Sie sich Folgendes hinter die Ohren:
Ich habe die Nase voll.
Ich erwecke niemanden mehr von den Toten
Es macht keinen Sinn
Ich lösche einem jeden von euch einzeln

das Augenlicht auf Erden aus
Und lasse ihn allein im Dunkel der Nacht

Inzwischen war Maria im Hintergrund, mal rechts, mal links, erschienen. Blaues Kleid. Mit blinkendem EU-Sternenkranz hinterm Kopf als Heiligenschein.

Der Papst nähert sich jeweils der Erscheinung, kurz aber bevor er am Ziel ist und er den Ringfinger hinhält, verschwindet Maria.

Nach Jesus' Ansprache erscheint Maria in der rechten hohen Ecke. Der Papst nähert sich ihr, steigt auf einen Stuhl. Als er von da auf den Tisch klettern will, verfängt er sich mit seinen Ballettschuhen im weiten Rock und stolpert mit einem lauten Krach rückwärts auf den Boden.

Maria verschwindet und der Papst bleibt tot liegen. Es war kein Genickbruch, da sein Kopf geschützt war. Die Mitra wird jedes Jahr zusammen mit den Stahlhelmen der Schweizer Garde Suva-getestet, sie ist so resistent wie ein Motorradhelm. Das Rückgrat war gebrochen, der Papst hatte es von Anfang an im Rücken.

JESUS
Mein Gott !!

GOTTVATER
Der Papst ist tot!
Es lebe der Papst.

PETRUS
kniet überm Papst, kontrolliert mögliche Lebenszeichen, nacht Herzmassage

Bleibt nur noch die Mund-zu-Mund-Beatmung!
Petrus sträubt sich anfangs, macht sich dann
schweren Herzens an diese spezielle Beatmung.
Schreckt auf.
Pffüttt!
Schmeckt nach Flughafenerde
läuft zu Jesus
Jesus!!
Hab Erbarmen!
Du hast ja auch den Lazarus von den Toten erweckt!
Bitte! Bitte!

JESUS
Ich sagte soeben
ich erwecke niemanden mehr von den Toten.

PETRUS
Nur noch einmal!
Der Papst sollte erst nächstes Jahr in Patagonien
im Papamobil erschossen werden.
So steht's in meinem Buch. Wir haben ihn
früher kommen lassen, um die katastrophale
Situation da unten mit ihm zu besprechen.
Er ist unser einziges Bindeglied zu den Menschen.
Du weisst, dein Vater will nicht,
dass du noch einmal runtergehst.
Eine zweite Kreuzigung würde nichts bringen.
Macht keinen Sinn.
Du könntest von einem Auto überfahren werden,
dann könnten wir jedoch nicht mehr
behaupten, Gottes Sohn habe die Menschheit gerettet.

JESUS
Okay!
Ein letztes Mal.
Ich weiss nicht, ob es noch geht,
ich habe schon lang kein Wunder mehr gemacht.
Jesus geht langsam mit ausgebreiteten Armen
in Richtung Papst, im Moonwalkschritt, so
als bewege er sich auf dem Wasser

PETRUS
Schaut!
Jetzt geht Jesus wieder übers Wasser!

JESUS
Ich wate im Sumpf.
Das Tote Meer ist am Sterben.
Jesus kommt zum Papst

PETRUS
Meister!
Er ist tot.
Er riecht schon aus dem Mund.

JESUS
Okay.
Lass mich mal ran!
Papst Johannes Paul...
zu Petrus
...der wievielte?

PETRUS
Ich weiss es auch nicht mehr.

JESUS

Papst Johannes der Soundsovielte!

Steh auf und leg dich ins Bett.

Der Papst steht auf

PETRUS *(zu Jesus)*

Das hast du gut gemacht.

Siehst du, es geht noch.

Gehen wir das feiern.

Wir stehen über Frankreich.

Dein Vater hat einen Pastis verdient

und er liebt diesen über alles

und dann noch einen Pastis auf nüchternen Magen,

das wird ihm guttun.

Alle verlassen den Raum

Der Papst liegt in einem Spitalbett in der Clinica Santo
Spirito in Rom, Schwester Maria sitzt am Bett und hält
ihm die Hand. Der Papst schaut ins Gegenlicht der Bett-
lampe, er blinzelt und sieht Maria mit dem gelben
blinkenden EU-Sternenkranz

PAPST

– Sind Sie Maria?

– Ja.

– Ich glaube, ich liebe Sie.

– Bleiben Sie ruhig. Regen Sie sich nicht auf.
  Ihr Blutdruck!

– Ich bin zum ersten Mal verliebt.

– Ich auch.

– Sind Sie noch Jungfrau?

– Ja. Ich bin aus Sizilien. Wenn ich nicht mehr Jungfrau
  wäre, würde ich die Ehre der Familie beschmutzen.

Mein Vater würde mich durch meinen Bruder um-
bringen lassen.
– Haben Sie einen eingeborenen Sohn?
– Ja. Ich bin alleinerziehende Mutter.
– Hatten Sie eine Sectio caesarea?
– Nein.
– Wie ist es möglich, nach einer Geburt die Jungfern-
schaft zu behalten? Waren Sie bei Professor
Bertolami?
– Ich bin immer noch bei Professor Bertolami.
– Ist es nicht verheilt? Hatten Sie Komplikationen mit
dem Parmaschinken?
– Ich bin Vegetarierin!

MARIA
Herr Professor! Herr Professor!
Kommen Sie!
Kommen Sie!
Der Papst ist aufgewacht!

PROFESSOR
stürzt herein
beugt sich über den Papst
Na Sie!
Alter Knabe.
Wenn Sie Maria nicht gehabt hätten,
die Ihnen die Hand hielt und Ihnen den Ringfinger
küsste,
schon ganz rot vom Lippenstift
...der Ring!
Spass beiseite.
Ich habe Ihnen den Darmkrebs raus operiert

und die befallene Prostata auch,
die war so gross wie Evas Apfel. Hihi!
Aber Spass beiseite.
Fünf Meter Darm weniger,
es bleiben Ihnen zwei Meter,
gibt weniger Gase
in die Stratosphäre.
Umweltschonend. Hihi!
Ihr Stuhl wird aber genau gleich aussehen wie vorher.
Ich meine den Stuhl in Rom!
Hihi!
Spass beiseite.
Und Prostata brauchen die alten Herren eh nicht
mehr;
die Päpste sowieso nicht .. ein Dogma!
Hihi!
Und bei Messdienern braucht man keine Prostata.
Aber Spass beiseite.
Sie waren nach der achtstündigen Operation
einen Tag lang im Koma.
Soll ich Ihnen ihren Darm zeigen?,
wir haben ihn draussen in einem Glas Spiritus,
in spirito santo!! Hihi!
Sie können ihn im Vatikan als Reliquie verwenden.
Wallfahrt zum Heiligen Darm...
bei Blähungen!
Koma ist übrigens ebenso schön wie eine Ewigkeit,
es kommt aufs gleiche raus,
sagt man.
Der Unterschied ist,
dass Sie aus dem Koma manchmal wieder

aufwachen.

Hihi!

Sie haben viel über den Himmel geredet.

Das kann Maria bezeugen,

sie hat Sie in ihrem Arm gehalten.

(beim Hinausgehen)

Haben Sie schön geträumt?

PAPST

Ja!

Ich dachte schon

ich wäre im Himmel.

Dabei waren es nur Träume.

PROFESSOR

Albträume, würde ich sagen.

Eindeutig Albträume.

Hat jeder mal hier unten.

Ich auch.

Ist eigentlich normal.

Gehört zur normalen Depression.

geht zur Tür, schaut wieder zurück

Wir müssen den Papst feiern, Maria!

Meine Frau macht eine Woche Ayurveda in Indien.

MARIA

Was ist das?

PROFESSOR

Das sind fünf Tage Darmspülungen,

zur Entschlackung.

Darf ich sie heute Abend zum Italiener einladen?

MARIA
Um wie viel Uhr?

PROFESSOR
Um neun.

MARIA
Ich werde pünktlich erscheinen.

Mariä Himmelfahrt

Cyril von Alexandrien führte im 5. Jahrhundert ein christliches Fest ein: Maria sei am 15. August leiblich in den Himmel gefahren. Kritiker behaupten, es sei am 16. gewesen. 1950 doppelte Papst Pius XII nach: Er erhob die leibliche Himmelfahrt Mariäs zum Dogma, zur unumstösslichen Wahrheit.

Bin Laden sitzt neu im Himmel. Er freut sich auf die ewige Jungfrau.

Jesu Christi Blutstropfen

Die Hostie ist der Leib Jesu, esset mein Fleisch, und der Weisswein sein Blut, trinket mein Blut. Jeder Priester trinkt pro Messe zwei DL Weisswein, einen kleinen Krug, vor und nach der Wandlung und am Ende den Rest.

Es gibt praktisch keine angehenden Priester mehr, seit alle Jugendlichen Internet haben und aufgeklärt sind; es gibt jedoch joblose Jugendliche , die sich zum theologischen Studium entscheiden, weil dieses gratis ist.

Die Mutter hat gesagt, mach mal irgendwas, was Anständiges, statt in der Disco rumzuhängen. Die missratenen Söhne kriegen dann nach einem Schnellbleichverfahren an der Theologischen Universität Luzern eine Diözese im Umfeld mit gerade mal 4-5 leerstehenden Dorfkirchen zugesprochen, in denen sie morgens ab halb sechs bis neun Uhr die ersten Messen für die Alten-am-Grab-Stehenden lesen müssen. Täglich mit dem Diözesenauto rumfahren, von Kirchlein zu Kirchlein, risikolos, denn die Dorfpolizisten schlafen in diesen sanften Morgenstunden den Schlaf der

Gerechten, denn sie hatten bis nach Mitternacht in den Dorfbeizen mit Besoffenen zu tun und können sich nicht vorstellen, dass irgendjemand morgens früh schon betrunken rumfährt.

Fronleichnam

Willisau Luzern

In einem Reagenzglas werden ein paar Blutstropfen Christi vom Friedhof in die Kirche gebracht, hoch zu Ross.

Die Echtheit der Jesu Blutstropfen ist erwiesen. Tausende beklatschen die Blutschau am Strassenrand und bekreuzigen sich, wenn der reitende Priester sie mit der rechten Hand segnet und mit dem Weihwasserbüschel benetzt. Der Überlieferung nach befand sich unter den Schaulustigen, welche die Kreuzigung Christi im Jahre des Herrn live mitverfolgten, ein römischer Legionär, der das spritzende Blut Christi, nachdem man diesem eine Lanze in den Oberbauch gerammt hatte, in seinem Becher auffing. Er brachte das Blut nach Mantua in den Dom. Dort blieb die Reliquie lange Zeit verschollen, bis sie neuerdings wieder in modernen Zeiten wieder auftauchte. Die Blutstropfen sind also in der Tat echt. Die Mantueser schenkten die Hälfte des Blutes dem Papst, eine Anteil dem Deutschen Kaiser.

Nach Willisau Luzern ist laut Zeugenaussagen das Jesublut vom Himmel gefallen, dies am 7. Juli 1392. Drei Männer haben im Willisauer Lustgarten zum Mohren Karten gespielt. Der Verlierer packte aus lauter Zorn sein Schwert, stiess es gen Himmel, es möge den Leib Christi durchbohren. Sofort fielen fünf Trop-

fen Blut vom Himmel auf den Spielertisch und der Flu-
cher wurde zum Teufel geholt. Die beiden anderen
Spieler wollten die Blutstropfen mit Wasser aus dem
nahen Fluss wegwischen. Dabei wurde der eine vom
Schlag getroffen und der andere von Läusen zerfres-
sen. Der Pfarrer von Willisau löste daraufhin die Blutstropfen Jesu mit einem Messer aus dem dicken Holz-
tisch und verwahrte sie in einer Reliquie, die seither
einmal jährlich bei der Schlussprozession herumge-
tragen wird, die Sühneprozession. Ablasstag übrigens:
Wer am Bitttag teilnimmt, dem werden alle noch bestehenden Sünden nachgelassen.

IV. Die Sache mit dem Tod

Letzte Worte (zitiert aus Wikipedia)

MARK TWAIN

Ein Mann, der was auf sich hält, soll seine letzten Worte beizeiten auf einen Zettel schreiben und dazu die Meinung seiner Freunde einholen. Er sollte sich damit keinesfalls erst in der letzten Stunde befassen und darauf vertrauen, dass eine geistvolle Eingebung ihn just dann in die Lage versetzt, etwas Brillantes von sich zu geben.

ABÉLARD

Ich weiss es nicht.

ADENAUER

Do git et nix ze kriische
(Da gibt es nichts zum Weinen)

ARCHIMEDES

Störe meine Kreise nicht.

ASTOR JAKOB IV

zu seiner Frau auf der sinkenden Titanic
Die Damen müssen zuerst gehen. Steig in das Rettungsboot, tu mir den Gefallen. Lebe wohl, Liebste! ich sehe dich später.

ASTOR NANCY

zur Familie, die um ihr Sterbebett stand:
Sterbe ich oder ist heute mein Geburtstag?

AUGUSTUS
14 n. Chr.
Acta est fabula, plaudite
(Das Spiel ist aus, Applaus)

BARNUM
Wie waren die Einnahmen heute im Madison Square
Center?

BEETHOVEN LUDWIG VAN
Schade, schade, zu spät!
(Er konnte die letzte Lieferung Wein nicht mehr ver-
kosten).

BERNSTEIN LEONHARD
What's this?

BILLY THE KID
Wer ist da?
Wer ist da?

BOLIVAR SIMON
Wie komme ich bloss aus diesem Labyrinth heraus?

BRAHMS JOHANNES
*(zu seiner Krankenschwester, die ihm ein Glas Wein
gereicht hatte. April 1897)*
Oh, das schmeckt gut. Danke!

BRECHT BERTOLD
Lasst mich in Ruhe.

BUDDHA

1483 v. Chr.

Alles Geschaffene ist vergänglich. Strebt weiter, bemüht euch, unablässig achtsam zu sein.

BUNUEL LUIS

Me muero
(Ich sterbe).

BYRON LORD

Now I shall go to sleep. Goodnight.

CAESAR

44 v. Chr.

Tu quoque, fili mi?
(Auch du, mein Sohn).

CHURCHILL WINSTON

Alles langweilt mich.

CARUSO ENRICO

1921

Doktor! ich bekomme keine Luft mehr!

PAUL CLAUDEL

Doktor! Glauben Sie, dass es die Wurst war?

COMTE AUGUSTE

1857

Welch ein unvergleichlicher Verlust!

CASTELLO LOU
Das war das beste Sorbet, das ich jemals probiert habe.

CROSBY BING
Jungs! das war eine grossartige Golfpartie.

DANTON GOERGES
zu seinem Henker am 5. April 1796.
Du wirst meinen Kopf dem Volk zeigen, es ist dessen würdig.

DEAN JAMES
Der Typ muss anhalten. Er wird uns sehen.

DESCARTES RENË
1650
Nun, meine Seele, heisst es Abschied zu nehmen.

DIDEROT
Unglaube ist der erste Schritt zur Philosophie.

DOYLE ARTHUR CONAN
zu seiner Frau 7. Juli 1930
You are wonderful.

THEODOR DREISER
Shakespeare, ich komme.

EDISON THOMAS
Es ist sehr schön dort drüben.

EINSTEIN ALBERT
(Er sagte am Totenbett seinen letzten Satz auf Deutsch.
Seine amerikanische Nurse
verstand kein Wort)

ELIZABETH VON ÖSTERREICH-UNGARN
Was ist denn jetzt mit mir geschehen?

DOUGLAS FAIRBANKS
Ich habe mich nie besser gefühlt.

FERRIER KATHLEEN
Ich werde jetzt eine kleine Pause machen.

GOETHE JOHANN WOLFGANG
22. März 1832
Macht doch den zweiten Fensterladen auf, damit
mehr Licht hereinkomme.
Mehr Licht!
Andere glaubten gehört zu haben:
Mehr nicht.

GUSTAF GRÜNDGENS
1963
Ich glaube, ich habe zu viele Schlafmittel genommen,
ich fühle mich etwas komisch, lass mich ausschlafen.

KNUT HAMSUN
1952
Lass sein, Marie, jetzt sterbe ich.

HAUPTMANN GERHART
Bin ich noch in meinem Haus?

HIMMLER HEINRICH
13. Mai 1944
Ich bin Heinrich Himmler.

JESUS
Joh. 19. 30.
Es ist vollbracht.
Und:
Mein Gott, mein Gott!
Warum hast du mich verlassen?

JOYCE JAMES
13. Januar 1941
Versteht es denn niemand?

ROSA LUXEMBURG
vor ihrer Ermordung am 15. Januar 1919
Nicht schiessen!!

WOFGANG AMADEUS MOZART
5. Dezember 1791
Der Geschmack des Todes ist auf meiner Zunge.
Ich fühle etwas, das nicht von dieser Welt ist.

RABELAIS FRANCOIS
9. April 1553.
Lasst den Vorhang runter, die Farce ist zu Ende.

SARTRE JEAN PAUL
Ich bin gescheitert.

THOMAS DYLAN

Ich habe gerade 18 straight whiskys ohne Eis getrunken. I think, that's a record.

CHEKHOV ANTON
2. Juli 1904
Ich habe solange keinen Champagner mehr getrunken. (Überliefert von Olga Chekhov in: Meine Uhren gehen anders.)

VERGNIAUD PIERRE
31. Okt. 1793 vor seiner Hinrichtung in Paris
Unsere Revolution gleicht Saturn, sie frisst ihre eigenen Kinder.

WILDE OSCAR

Meine Tapete und ich kämpfen ein Todesduell. Entweder sie muss gehen oder ich.

WILHELM II
4. Juni 1941
Ich versinke! Ich versinke!

IBSEN HENRIK
Seine Krankenschwester zu einem Besucher :
Es geht ihm schon etwas besser.
Im Gegenteil, rief Ibsen und starb.

PICASSO PABLO
Die Malerei muss erst noch erfunden werden.

PANCHO VILLA
von der tödlichen Kugel getroffen, zu einem Reporter:
Schreiben Sie, ich hätte was gesagt.

COCO CHANELL
So stirbt man also.

PRINZESSIN DIANA
Was ist hier los?
Was ist passiert?

HOBBESS THOMAS
Philosoph
Ich bin daran, einen Sprung ins Finstere zu tun.

ROBERT LOUIS STEVENSON
(Dr. Jackyll and Mr. Hyde)
1894
Vor dem Zusammenbruch auf
der Veranda seiner Villa in Samoa:
Was ist das!
Sehe ich nicht merkwürdig aus?

OTTO LILIENTHAL
Kleine Opfer müssen vollbracht werden.

FRANCOIS VILLON
geb. 1431
Gedicht aus dem Kerker:
Ich bin Franzose, was mir gar nicht passt
geboren zu Paris, das jetzt tief unten liegt
ich hänge nämlich meterlang an einem Ulmenast
und spür am Hals, wie schwer mein Arsch hier wiegt.

KANT IMMANUELL
Es ist gut.
Es reicht.

LOUIS XIV.
Der Sonnenkönig
gab auf dem Totenbett
einen grossen Rülpser von sich
und hat dann nichts mehr gesagt.

KARL KRAUS
Pfui Teufel!

LEBENSERWARTUNG
in Westeuropa
1830   33 Jahre
1900   43 Jahre
2000   80 Jahre
2050   100 Jahre

WELTBEVÖLKERUNG
1900   1 Milliarde Menschen
2019   8 Milliarden Menschen
2050   10 Milliarden Menschen

Lin Zeh, Dozentin der Parteihochschule Peking, kritisiert die Suizide der Hohen Beamten, die sich damit leichtfertig einer Verurteilung entzögen, wohl wissend, man könne ihnen über den Tod hinaus kein weiteres Todesurteil anhängen. Sie schlägt vor, den Suizid per Gesetz zu verbieten. Nach europäischer Auffassung ist der Suizid sehr wohl ein Konzept, das Leben vorzeitig zu beenden, eine schnellere Lösung als das lange Warten auf den natürlichen Tod.

MONACO FRANZE

in Helmut Dietls' Filmserie, über die Krise des alternden Mannes:
Bergab gehen tut's Lois, und zwar steil, weil das Ziel liegt jetzt nicht mehr auf dem Gipfel, sondern ganz drunten im Tal, im Grab sozusagen, wenn S' verstehen, was i moan, Loisl.

THE BIG SLEEP

Detektiv Philip Marlowe:
Was macht es schon, wo man lag, wenn man tot war? In einem schmutzigen Tümpel oder in einem Marmorturm oben auf einem hohen Berg? Man war tot, man schlief den grossen Schlaf, man brauchte sich um solche Dinge nicht zu kümmern.

Ich setzte mich auf den Rand eines tiefen, weichen Sessels und blickte auf Mrs. Reagan. Sie war einen Blick wert. Sie war das reine Unheil. Ich war so leer wie die Taschen einer Vogelscheuche. Ich ging zur Küche hinaus und trank zwei Tassen schwarzen Kaffee. Man kann auch von anderem als Alkohol das heulende Elend kriegen. Ich hatte es von den Frauen. Sie machten mich krank.

COMPUTER

Pressemitteilung April 2015

Mann erschiesst seinen Computer:

Der Computerbesitzer nahm sein Gerät hinunter auf die Strasse hinters Haus und feuerte 8 Pistolenschüsse in das Gehäuse desselben; er setzte, wie die Polizei berichtete, den Computer ausser Gefecht. Der Schütze zeigte nach der Tat keinerlei Reue; es war glorreich, sagte er, die Engel sängen in der Höhe. Der Schütze muss mit einer Geldstrafe rechnen, da er keinen Waffenschein besass.

TODESMAIL

Ein auf lebenslänglich verurteilter Häftling verlässt das Gefängnis durch den Eingang (draussen wartete ein Taxi), nachdem er über ein geschmuggeltes Handy die originale Domain der britischen Gerichtsbarkeit (hmcts.gsi.gov.uk) eingab, mit der Order, ihm McCain, Häftling Nr. 250 354 621, zu entlassen.

KRÖTENTÖTEN

Sidney Universität Biologie:

Die humanste Weise eine Kröte zu töten, ist, sie drei Stunden in den Kühlschrank stecken, dann sie fünf Stunden ins Gefrierfach legen, um sie dann endgültig und für die Kröte schmerzfrei ins Jenseits zu befördern.

...und die sache mit der musik

DAS LEBEN IST WIE GROSSE MUSIK

a capriccio	frei
accantuato	betont
affettuoso	ergriffen
agitato	erregt
adagio	langsam
allegretto	ein wenig fröhlich
allegro	fröhlich
alla polla,	
alla turca	
amore	
amabile	
andante	schreitend
appassionato	leidenschaftlich
armonioso	harmonisch
forte,	
fortissimo,	
con fuoco,	
furioso,	
martello	Hammer
passionato	
piagendo	mit Tränen
piano, pianissimo	
pizzicato	gezupft
serio, sonore,	
tenuto, tanquillo,	
tremolo, vibrato	
calmo	
cantabile	

cappriccioso
con anima, con brio
con durezza, con dolore
con fuoco
con grazia
con sentimento
con spirituo
dolce
desolato
doloroso
espressivo
espresso
daramatico, grandioso, glissando
grave lento
lamentoso
libero mezzo martello
funebre
fine

A LA RECHERCHE DU TEMPS PERDU
LE SACRE DU PRINTEMPS

Die schönen Erinnerungen, vor allem wenn Proust dabei war. Paris am Abend vom 29. Mai 1913
Les Ballets Russes von Sergei Djagilew komponiert von Igor Stravinski:
Als ich in St. Petersburg die letzten Seiten des *Feuervogel* schrieb, überkam mich unerwartet die Vision einer heidnischen Feier: Alte weise Männer sitzen im Kreis und schauen dem Totentanz eines jungen Mädchens zu, das geopfert werden soll, um den Gott des Frühlings gütig zu stimmen.
    Die Uraufführung im Théâtre des Champs Elysées

in Paris – trotz noblem Publikum: Coco Chanel war da, Proust, Jean Cocteau und Strawinski selbst – geriet zum Skandal, das Publikum pfiff, johlte und schrie entsetzlich vom ersten Ton an. Tumult im ehrwürdigen Saal.

Der vorgewarnte Dirigent dirigierte eisern bis zum Schlussakkord, auch wenn niemand mehr zuhören konnte. Der Skandalabend, der in der New Yorker Presse kommentiert wurde, machte Strawinski endgültig weltberühmt, er hatte die bis anhin ungehörte Polytonalität und die dissonanten Akkorde eingeführt, und das geneigte Publikum hatte dies sofort gemerkt. Denn Neues gibt einem im ersten Augenblick immer zu schaffen und zu schreien.

Der Sacre du Printemps hat alle überlebt und ist quicklebendig. Die Musik ist eben von einem anderen Stern. Eine andere Sprache.

HUGO VON HOFMANNSTHAL
Wolken (letzte Strophe)
Ein lautloses Gleiten
Ledig die Schwere
Durch alle Welten
Blauende Leere

KAFKA FRANZ
(an Milena)
Geschriebene Küsse kommen nicht an ihren Ort, sondern werden von Gespenstern auf dem Weg ausgetrunken.

Lauras Künstleratelier in Montmartre.

Laura war gestorben. Vor einem Jahr.

Bébert strich mir mit aufgestelltem Schwanz um die Beine. Also bitte, Monsieur Bébert, sagte ich, was würden Sie hierzu sagen?

Ich holte ihm eine Sardine aus dem Kühlschrank, brachte sie ihm auf den Tisch, setzte ihn zur Sardine. Nun essen Sie manierlich, sonst muss ich Ihnen eine Serviette um den Hals binden wie dem Kater Murr. Lecken Sie sich nicht das Maul mit der Zunge, pratzeln Sie die Fischstückchen nicht mit der Pfote her, fahren Sie nicht mit der Schnauze über den Tellerrand, stossen Sie die Fischreste nicht auf den gedeckten Tisch runter und fahren Sie sich zum Schluss nicht mit der Pfote um den Mund und um die Ohren, das machen nur Tiere. Schmatzen Sie auch nicht mit den Zähnen, das machen nur die alten Leute im Altersheim.

Ich glaube, er hatte verstanden. Ich stand auf, suchte ein Miles-Stück aus, steckte die CD in den kleinen Küchen-CD-Spieler. Miles Davis: Sketches of Spain. Der lang gezogene gedeckte Trompetenton, wie er nur bei Miles auszumachen ist, Andalusien auf den Höhen der Alhambra, wo ein lang gezogener Wind vom Meer her weht. Dann kommt das Sehnen nach diesem Ton, diesem kontinuierlichen, kaum fassbaren Ton. Dieser versteckte durchziehende lange silberne Streif. Dieser nichthörbare Lauf, oder kaum hörbar, nur erahnbar sozusagen, vermutlich aus dem Ursuppenton des Grundhirns herausgeklinkt ans moderne Oberflächenhirn zum heutigen Bewusstsein. Es geht mir wie Proust bei Vinteuils Sonate, der Phrase, dem Strich, der Linie, die durchlief, die er hörte, die nicht in der Partitur stand, die auch nicht vom Kammerorchester gespielt war, die Linie, die Proust jedoch heraushörte, die ihn sehnsüchtig machte nach der verborgenen Perfektion. Es war nicht die Melodie, schrieb er, nicht der Rythmus. Es war das Mitklingen in Chatwins Songlines der Aborigines, die Phrase von Vinteuil...sie ist der kristalline haardünne ätherische Trompetenton von Miles..., sie ist, ich kehrte zum Tisch zurück, schenkte mir den Rest Rotwein ein, diese Katze.

Ich fasste die Katze an beiden Ohren. Ich fuhr Bébert mit der Hand über den Kopf, den Nacken, den steifen Rücken, hielt ihn fest, er sprang auf, blieb vor mir auf dem Tisch sitzen. Leckte seine Vorderpfoten... endlos lang...bis mir plötzlich auffiel, dass er zu lecken aufgehört hatte, reglos da sass, mich anschaute, mir richtiggehend in die Augen schaute.

Zur Versöhnung wollte ich ihm mit der Hand über den Hinterkopf fahren. Er zuckte zusammen, fauchte, hielt die Ohren zurück. Ich unterbrach meine Geste. Ich sah, wie er mich nicht aus den Augen liess, ich versuchte durch seine Augen in ihn hinein zu schauen... plötzlich wird mir die zweite Ebene dieser Augen bewusst, ein Blick der Sehnsucht, des Verlorenen...es ist dieser Zwischenton wie in Vinteuils Sonate, wie bei Miles' unterschwelligem Trompetenton, es ist Lauras Auge, das mich anschaut. Un Chien andalou.

...und die Sache mit der Zeit

BIG BANG

Von der Zeit lässt sich nicht viel sagen, ausser: Seit dem Big Bang vor 13,7 Milliarden Jahren geht sie immer vorwärts. Vorher gab es sie nicht.

HERAKLIT:

Das was fliesst lässt sich nicht fassen
Wie die Welt
Du badest nie im selben Fluss

NEWTON

Die Zeit ist da und sie tickt gleichmässig
von Moment zu Moment.

EINSTEIN

Die Zeit allein gibt es nicht.
Sie ist immer an den Raum gebunden.
Die Raumzeit.

DIE QUANTENPHYSIK

Ein Atomteilchen kann gleichzeitig an zwei Orten sein.
Hier und dort, wie GOTT.

R. FEINMANN, PHYSIKNOBELPREISTRÄGER:

Ich denke, man kann mit Sicherheit sagen,
dass niemand die Quantenphysik versteht.
EINSTEINS Weltformel: $E=mc2$
GOTTES Weltformel: $E=mc4$
Immerhin das Doppelte.

Ich lief die rue Pigalle hinunter. Beim Vorübergehen an einem Antiquitätenladen, in dem Louis-XV.-Stühle und Rokoko-Möbel ausgestellt waren, sah ich mich mit einem grossen Sonnenblumenstrauss konfrontiert, der in einer massiven Vase in der Auslage stand.

Er musste schon etliche Tage hinter diesem Schaufenster gestanden haben, denn er hatte Van Goghsche Ausmasse mit hängenden Köpfen und gelbem Grün angenommen. Die Blumen standen auf dem Tisch.
Sie standen in der Ecke. Dann waren sie weggeräumt. Wenn einer behauptete, die Blumen hätten auf dem Tisch gestanden, der hätte am besten die Blumen mit den Augen fixieren sollen und nicht wegschauen, nicht mal blinzeln. Der Beweis fällt einem ansonsten schwer, zu behaupten, sie hätten dort gestanden. Alle potentiellen Zeugen kneifen in diesem Fall, wie ein jeder weiss, denn niemand will sich auf die vorübergehende Zeit festlegen lassen. Die Zeit scheint zwar für jeden gleichzeitig und gleichmässig vorhanden wie die Atemluft in jedem Raum, den wir betreten.

Sie macht immerhin einen ruhigen, stabilen Eindruck, wenn ich einen Felsen betrachte, der in der Zeit gleich bleibt und auch schon Millionen Jahre alt ist. Zeit im Stein. Steinzeit.

Die Zeit des Blumenstrausses deckt dann aber eine andere Zeit auf, eine blitzschnelle, kaum aufgeblüht und schon verwelkt. Es gibt scheinbar verschiedene Zeiten, die des Steins und der Ewigkeit und die blitzschnelle Zeit des Verwelkens, des Lebens. Kaum macht man eine Reise, ist man schon wieder alt. Hat man einen guten Freund, so ist er schon wieder weg und tot.

Die Progerie-Kinder vergreisen als Zehnjährige. Mir ist, als haben wir verschiedene Zeiten untereinander, und wir leiden daran, nur daran. Ich leide an meiner Zeit. Alle leiden an ihrer Zeit. Die Politiker versprechen eine bessere Zeit. Der normale Mensch denkt sich jedoch, hoffentlich ist meine Zeit bald um und ich bin tot. Die Bilder, die immer was Unantastbares, also Ewiges an sich haben, passen nicht in unser Leben, das von Anfang an den Tod bedeutet. Ich neige deswegen dazu, meine irrealen Bilder als mögliche Welt zu betrachten, die Welt der Bilder als mögliche Zukunft anzusehen und die reale Welt, die da ist, als die schlechteste Lösung zu betrachten. Wenn schon ein Mozart, der himmlische Musik komponierte und nur himmlische Musik komponieren konnte, weil er aussergewöhnlich war, sterben musste, so muss ich sagen, haben wir niedere Menschen keine Chance.

Der grosse Menschenwechsel in Paris, diese konstante Zertrümmerung der Menschen, macht ein Geräusch, ein grosses Lärmen, das über der Stadt ein Raunen ergibt. Wenn man abends über Montmartre hoch über Paris sitzt, über Paris und seine Vergangenheit hinweg schaut, hört man dieses Raunen eindeutig. Es ist ein Raunen, das nicht nachlässt, das in tausend Jahren noch da über Paris sein wird, dieses Raunen.
Es ist eine Songline
die erinnerte Zeit
Traumpfade
VINTEUIL

Bin ich krank, sage ich?
Ich spüre ein Rauschen.

Die Stadt ist nicht ruhig.

Es ist ein Flimmern da.

Es sind Dünste und Stimmen
über der Stadt.

Paris, die Stadt, die millionenfach in Teilchen geteilt,
in alle Richtungen und in die Sekunden hinein explodiert, ohne sich eines Risikos bewusst zu sein.

Ohne auch nur zu wissen, was passiert.

NACHRUFE AUF EINEN WEINTRINKER
(zur Auswahl)

Er war jung.

Kleid schön (äusseres Erscheinungsbild und Farbe).

Der Körper dicht und von fester Beschaffenheit des
Fleisches.

Komplex.

Lebendig.

Leicht unausgegoren.

Lieblich.

Kurz (kein Abgang). Mager und dürftig. Blass.

Bitter.

Doux (süss).

Dünn (wässrig).

Edelfäule.

Astringend, herb, rau und pelzig.

Agressiv.

Langer Eindruck.

Müde. (Er benötigt Zeit und Ruhe, um sein gewohntes
Gleichgewicht wieder zu erlangen).

Nachhaltigkeit gross (das was bleibt nach dem Schlucken und Spucken).

Nervig (reizt den Mund).

Ölig (er war anschmiegsam, weich und fettig).
Geruch: Blumen, Früchte, Holz, Lakritz, Wildbret,
Geräuchertes, abgefahrene Reifen.
Opak (sagte nichts über sich).
Sauber (fehlerfrei).
Schal (hatte sein Bukett verloren).
Schwer (wie er war).
Struktur keine (inneres Gerüst nicht vorhanden)
Vollmundig (rann in der Kehle gut runter).
Warm (innere Wärme).
Weiblich (Leichtigkeit und Zartheit).
Jahrgang (zu lange gelagert, schnell trinken)
Maderös: Dieser Wein ist tot.

CHRISTIAN MORGENSTERN

Die beiden Esel

Ein finstrer Esel sprach einmal
zu seinem ehelichen Gemahl:
Ich bin so dumm, du bist so dumm,
wir wollen sterben gehen, kumm!
Doch wie es kommt so öfter eben:
Die beiden blieben fröhlich leben.

TOTE SCHLAFEN FEST

Ein paar Jahre nach dem Krieg ging mein Vater aus
dem Haus, ohne was zu sagen, als ginge er Zigaretten
kaufen und kam nie wieder. Menschen, die nicht gerade kriegsgeschädigt sind, sagen goodbye beim Gehen,
drücken die Hand, wünschen sich Gutes und ein Wie-
dersehn, sage ich ihm. Vater geht leicht hastig an der
Bibliothek auf und ab, schaut auf die Bücher und die
Bilder an der Wand.

Du gehst an den Bildern und Büchern entlang, als kenntest du die neuen Maler und Autoren nicht! Dein Goethes Faust mit Widmung deiner Frau, 1940, steht noch in der Reihe.

Setz dich doch!

Warum sollte ich mich setzen?

Ich stehe gerne.

Ich mag nicht, dass du rumläufst wie ein aufgeschreckter Zombie, setz dich!

Ich laufe gerne, sonst krieg ich Thrombosen, das macht's nur noch schlimmer.

Er zündet sich eine Zigarette an, schnell und gekonnt, bläst den qualmenden Rauch nervös vor sich hin. Damals rauchtest du drei bis vier Pack täglich. Du warst ein Kind, antwortete er, hätte ich dir den Abschied erklären sollen? Du hast dich wie ein kleiner Gott in ein Mysterium aufgelöst, in die Leere, in die Stille hinein, in das Nichts, einfach keine Antwort. Mutter hatte mal gesagt, sie würde dich umbringen, wenn du noch lebtest. Am meisten machte mir der Umstand zu schaffen, dass du nie mehr zurückgekommen bist.

Als Kind habe ich in der Tat immer geglaubt, du kämest eines guten Tages wieder. Ich dachte an eine Art Versteckspiel. Ich suchte dich. Als es mir zu lang vorkam, dachte ich, auch dir würde die Zeit zu lang werden, einmal stündest du dann da und sagtest, hier bin ich wieder.

Nachdem die Männer an mir den Sarg aus dem Zimmer, wo wir jetzt sind, herausgetragen hatten, das dein Zimmer gewesen war, dein Aufenthaltsraum, in dem deine Bücher und Sachen standen, sah ich dich tatsächlich nie mehr wieder, obwohl ich als Kind dich immer in diesem Zimmer, das immer dein Zimmer gewesen war und dir auf deine Art gehört hatte, erwartete und auch immer wieder dorthin suchen ging.

Ein Mal hättest du zurückschauen können. Dich endgültig verabschieden. Ein Frühstück zusammen, einen Geburtstag. Dein Ernst fällt mir schwer. Auch heute noch. Diese Witzlosigkeit des Absoluten werf ich dir vor.

Er antwortet in an sich sinnvollen aber unzusammenhängenden Sätzen, ultimativ wie ein Gott.
Wie Jesus redet:
Ihr seht mich nicht, aber ich bin bei Euch.
Ich bin auferstanden von den Toten.
Der Beweis, tastet meine Wunden.
Schluckt die Hostien und trinkt den Wein.
Das ist mein Körper und das ist mein Blut.
Es ist Herbst und kalt.
Ich stehe an deinem Grab
Albert Mambourg 1917-1952
Darüber die Namen der restlichen Grabbenutzer, Grossväter und Grossmütter. Es ist ein Familiengrab. Kremationsanlagen gab es damals nicht bei uns. Das Städtchen leistete sich einen grossen Friedhof, der mit der Zeit vergrössert wurde, weil es Zuzügler gab. Die eingesessenen Familien blieben beim eigenen Familiengrab, die Särge wurden über die Jahre aufeinandergeschichtet und brachen ein. So ein System kann naturgemäss nur in kleinen Städten wie hier, 8.000 Einwohner, funktionieren. Bei Millionenstädten wie Tokio oder Mexiko müssten demnach die Friedhöfe grösser sein wie die Stadtareale; hier in den Grossstädten ist es notwendig, die Restmasse, den Körper,

zu zertrümmern, auf irgendeine Art. Ein Krematorium wird mittlerweile als Luftverschmutzer angesehen. Eine Kremation erfordert 26 Liter Kerosin, ist eine CO_2-Schleuder sondergleichen und setzt Dioxin frei. Man spricht schon vom ökologischen Tieffrieren und Schreddern, statt verbrennen. Offenbar ist es für Gott möglich, den Menschen aus dem Nichts wieder zu rekonstruieren, aus Asche oder Schnipsel.

Dann kam der Friedhofsgärtner und Zeremonienmeister zu mir, stellte sich neben mich ans Grab und sagte... – er hätte dies eben nicht sagen sollen! dachte ich. Der Brechreiz stieg mir sofort bis in die Kehle, wie das erste Mal als ich die Nausée las. Es geht um diese existentielle Ausweglosigkeit, die uns behaftet, durchdringt.

Ihr Vater ist noch hier, sagte der Bestatter, als wolle er mich trösten: Als wir vor ein paar Jahren Ihre Mutter drauflegten, sah ich ihn im zerbrochenen Sarg. Der Schädel gut erhalten mit abgezogener Kopfhaut mit noch Haarstücken dran. Ein Durcheinandersalat an Knochen, das Ganze einer menschlichen Figur nicht unähnlich. Ich schaute aufs Grab, ich möchte dir nicht näher treten, dachte ich, ich will nicht in dieses Grab, auf diese Weise mit dir in Berührung kommen, es widerstrebt mir aus allen Poren, Ewigkeit hin oder her. Ich will auch nicht dankbar sein. Ich möchte nichts. Fliehen für immer. Nie mehr da sein. Es wird wohl niemand reklamieren. Das ist die richtige Einstellung: die eigene Bescheidenheit. Gottes Himmel hin oder her, ich glaube, wir sind ihm alle aufgesessen.

Tora, Bibel und Koran, die meist gelesenen Bücher weltweit, sind des Teufels, eine Täuschung.

Prendre des vessies pour des lanternes!
Es ist kalt.

Ein leichtes lichtes Schneegestöber über die Granitsteine des Grabes hinweg. Vater steht neben mir, schaut mit mir aufs Grab. Es war Krieg, sagte er.

Ich hielt es plötzlich nicht mehr aus in diesem verlassensten Ort der Welt, dieser Ansammlung an Granitblöcken und Unkraut. Die hohen, ranken, blattlos in den Himmel stechenden Pappeln. Die gereckten Finger der gefrorenen Kastanienbäume. Alles knorrig, taub und lustlos wie eine gottverlassene Ewigkeit. Das Leben ist anders, sagte ich, gehen wir einen Glühwein trinken. Ich drehte mich entsetzt vom Grab ab. Wir treffen uns im Gasthaus vor dem Friedhof, sagte ich, in dem wir deinen Leichenschmaus feierten mit den Gebliebenen in Schwarz.

Wo ich als Nachspeise ein Eis kriegte, eine Lust. Glace gab es nur an Erstkommunionen, Firmungen, Hochzeiten und Begräbnissen. Dicke Eisquader wurden von muskelprotzigen Brauereiarbeitern geschultert und auf Bestellung in die Häuser geliefert, zum Glacemachen.

Als ich eintrat, fiel mir auf, das Todesgasthaus war mir in Erinnerung in realer Grösse und in der Ausstattung noch präsent. Vaters Sarg hingegen habe ich lange schon verkleinert an eine Hirnwand beiseite geschoben, ich hatte meinen Vater in die weiten Felder der Erinnerung verschickt, reduziert so wie die Indianer es mit den Schrumpfköpfen machen.

Wir setzten uns an einen leeren Tisch zum Fenster. Draussen eine winterlich leere Terrasse. Die weissen Plastiktische und Terrassenstühle waren unter einem

Vordach aufgestapelt.

An diesem Werktagnachmittag gab es nur ein paar Wirtshausgäste.

Ich bestellte Moselwein, einen Riesling-Sylvaner und zwei Gläser. Vater sass mir gegenüber. Ich mag deine Kriegsgeschichten nicht mehr hören, sagte ich. Die Kellnerin hielt mir die Flasche Wein vor die Nase, entkorkte, roch am Zapfen, füllte die zwei Gläser, ohne mich probieren zu lassen. Ich stiess mit Vater an.

Die Mutter: Vater ist im Himmel, er ist vorgegangen, wir werden ihn dort wiedersehen.

Gott: Wer an mich glaubt, lebt ewig. Tod, wo ist dein Stachel?

Vater: Ich freue mich, euch wiederzusehen.

Weil Vater zu langsam war, trank ich sein Glas aus und füllte uns beiden nach. Die Zeit, sagte ich und nahm einen Schluck vom eiskalten Wein, der mich schaudern machte, wie Sauerampfer ist der Moselwein auf der Zunge, reden wir von der Zeit! Ich weiss nicht warum ich erzürnte, vielleicht spürte ich zuviel Säure auf nüchternen Magen, vielleicht bekommen mir Friedhofsbesuche nicht.

Die Zeit ist die Gegenwart!, rief ich. Sonst nichts. Die Kellnerin kommt und geht durch den Raum. Die paar Gäste sitzen am Tisch, rücken sich zurecht, machen langsame Bewegungen. Das ist die sichtbare Zeit, siehst du!

Ich füllte die Gläser nach, beeilte mich auszutrinken, denn Vater wurde immer unruhiger, knetete an der Papierserviette herum, schaute in die Wirtshausecken und an die Decke, der Serviererin nach, die plötzlich, so schien mir, wie ein Engel durch den Raum ging.

Du kannst nie wiederkommen, weil du nie gegangen bist, sagte ich. Du bist in der Zeit geblieben. Dein Körper hat uns nie verlassen.

Ich schrie ihn glaube ich an.

Geh doch schauen, wo deine Knochen liegen! Du bist niemals aus der Zeit ausgetreten. Du bist immer noch da. Du kannst nicht wiederkommen, weil du immer noch da bist. Alle sind noch da. Kleopatra ist noch da. Die Römer. Die Griechen. Die Ägypter. Die Dinosaurier sind noch da. Alle sind hier im Jetzt. Es gibt keine Vergangenheit. Es gibt nur den Moment. Die Zeit allein gibt es nicht. Dein Körper ist die Zeit, als du lebtest, altertest du schnell, jetzt ist deine Zeit langsamer. Jeder hat seine eigene Zeit, auch die Gegenstände. Die Zeit der Menschen ist schneller als die der Sterne. Mit den Sternen wird aber auch die Zeit sterben.

Plötzlich tat Vater mir leid, er konnte ja nichts dafür. Er war mental in seiner Zeit stecken geblieben, in seinem letzten Lebenstag. Er nippte leicht und fadenscheinig am Rand seines Weinglases, unruhig wie ein Zappelphilipp. Er schaute mir schräg in die Augen, jung und lächelnd, genauso wie auf dem Foto, das ich aufbewahrt habe. Vater kam ins Schwitzen. Es war ihm zu heiss in der Gaststube. Er tropfte ab, glaube ich. Er war scheinbar entsetzt über meine Gottlosigkeit. Er war von seinem Glauben nicht abzubringen. Vielleicht sollte ich ihn im guten Glauben lassen, dachte ich, denn Tote schlafen fest, sie ärgern sich nicht und reklamieren nicht.

Ich rief die Kellnerin. Warum muss man immer verlassen, was man lieb gewonnen hat? Das macht erschrocken und traurig. Ich zahle die Kellnerin, lasse das Rückgeld auf dem Tisch liegen.

Ich stehe auf. Vereinzelt sitzen Leute an Tischen. An einer Wand ist ein staubiger Philodendron hochgezogen. Nebendran hängt ein Bild vom Ardennerwald, der letzten Schlacht. In einer entfernten Ecke läuft ein Fernseher. Bilder eines Trickfilms, Tom und Jerry. Die Katze läuft an Ort und Stelle, aber wie auf Rädern, der Maus hinterher. Sie verstopft das Mausloch, damit die Maus nicht mehr raus kann, sie wird sie ausräuchern, also umbringen. Die Maus ist jedoch nicht zu Haus. Sie kommt von hinten auf leisen Beinchen auf die schadenfrohe Katze zu, zündet unter deren Hintern eine Ladung Dynamit, sprengt die Katze, die einem jetzt wieder leidtut, in die Luft. Im Türausgang drehte ich mich um.

Das Novemberlicht schien plötzlich hell und schräg durchs Fenster in den düsteren Raum hinein, in dem ein paar Leute sassen.

Le souvenir d'une certaine image n'est que le regret d'un certain instant; et les maisons, les routes, les avenues, sont fugitives, hélas! Comme les années. Marcel Proust, *À la recherche du temps perdu, letzter Satz von Du côté de chez Swann.*

2019
Der Inder Rafael Samuel verklagt seine Eltern vor Gericht, weil sie ihn ohne seine Einwilligung zur Welt gebracht haben.

GOETHE JOHANN WOLFGANG

1780

Über allen Gipfeln
Ist Ruh,
In allen Wipfeln
Spürest du
Kaum einen Hauch;
Die Vögel schweigen im Walde.
Warte nur, balde
Ruhest du auch.

VOLKSWEISHEIT

Ich werde mir doch sehr fehlen.

TUCHOLSKY

Die absolute Tragik ist: Wir werden uns
nie mehr wieder sehen. Aber es tut nicht weh,
wenigstens das.

Literatur

sind als Menschengattung ausgestorben. Sie lebten von 500 000 bis 30 000 v. Chr. Der Mensch ist das einzige Lebewesen, das von seiner Sterblichkeit weiss, das seine Toten bestattet. Die Neandertaler legten ihre Toten in Einzel-, Familien- und Gemeinschaftsgräber, auf den Rücken oder in Seitenlage mit angezogenen Knien, angemalt mit roter, gelber, oranger Körperfarbe; mit Beigaben: Steinbockhörner, Muschelhalsketten, Steinwerkzeuge und Tierfleisch, für ein Leben danach? Die Bestattungen mit Beigaben sind Zeichen von Trauer, Abschiedsschmerz und vielleicht von einer Jenseitsvorstellung. Im heutigen Erbgut der nicht afrikanischen Menschen weltweit ist der Neandertaler-Genanteil 4 %.

DIE ALTEN ÄGYPTER
Totengötter wachten über das Totenreich, sie bewachten die Eingeweide der Leichen bis zum Tag des Gerichts. Wer diese letzte Prüfung nicht bestand, dessen Seele wurde von den Totenfressern vernichtet.

ZARATHUSTRA
Persien (1800 v. Chr.)
(Mary Boyce. A Story of Zoroastrianismus)
Die bösen Menschen, die Ungläubigen, werden taub und blind genannt. Man soll sie angreifen, ihren Besitz nehmen und sie töten. Nach dem leiblichen Tod des Menschen reist dessen Seele zur Cimwatbrücke. Hier findet das Gericht statt über Gut und Böse.

Die Seelen der Guten wandern ins Paradies. Ort der Lobgesänge. Die Seelen der Bösen fallen hinab an den schlechtesten Ort (später wird dieser Ort von den Christen Hölle genannt), wo die Dämonen herrschen.

EZECHIEL
Prophet (geb. 586 v. Chr.)
Die Toten werden auferstehen,
ihre Leichen werden auferweckt.

JESUS
30 n. Chr. Am Kreuz.
Ich sage Euch:
Gott hat mich verlassen.
Schreiben Sie sich
Folgendes hinter die Ohren:
Ich habe die Nase voll.
Ich erwecke niemanden mehr
von den Toten.
Es macht keinen Sinn.
Ich lösche
einem jeden von euch einzeln
das Augenlicht auf Erden aus.
Und lasse ihn allein
im Dunkel der Nacht.

Albert Mambourg

*1943 in Luxemburg, Frauenarzt, lebt seit 1969 in der Schweiz

BÜCHER:

Approches
Nouvelles Editions Debresse, Paris 1973

Le crime parfait
Nouvelles Editions Debresse, Paris 1975

Lise endlos lieben
Fouqué Literaturverlag, Frankfurt a. M. 1999

Laura
Verlag Op der Lay, Luxemburg, 2007

Philippe Schibig. Der Prinz vom anderen Stern
Herausgeber. Künstlermonografie.
Scheidegger&Spiess Verlag, Zürich 2010

Im Zuge Magrittes
Verlag Op der Lay, Luxemburg, 2011

Forelle mit Erdbeeren
Verlag Op der Lay, Luxemburg, 2013

Gottes Lügen
Ein Pamphlet über Religion und Leben, Schein und Sein
BOD – books on demand, norderstedt, 2015

Paris – ein Ende
BOD – books on demand, norderstedt, 2017

Big Bang
Satire
BOD, Norderstedt 2018

BEITRÄGE IN ANTHOLOGIEN:

Kindheit

Schriftbilder - Neue Prosa aus Luxemburg, 1984.
Editions Binsfeld Lux.

Sage allen, du habest den Papst gesehen

Autorenverlag Luxemburg, 1985

Magritte und die Frau im Eimer

in *Lustich - Texte zur Sexualitä*t, Autorenverlag
Luxemburg, 1987

Forelle mit Erdbeeren

in *Kochbuch des Zweiten Tieres*, Luzern 1999

Il Gato oder die Kunst der Musik ist Schweigen

Romanfürsorge Wuppertal, 2000

Der Mond ist soo hinter einer Wolke

in *Literarische Kurzprosa aus Luxemburg*
Universitätsverlag St. Ingbert, 2009

LITERARISCHES CABARET IM KLEINTHEATER LUZERN:

Ein Bürger kommt selten allein, 1981
Der Ritt über den Vierwaldstättersee, 1982
Denn sie wissen, was sie tun, 1983

STATTKINO LUZERN

Big Bang. Divina Commedia 2019

Bibliografische Information der Deutschen Nationalbibliothek:
Die Deutsche Nationalbibliothek verzeichnet diese Publikation in der
Deutschen Nationalbibliografie; detaillierte bibliografische Daten sind
im Internet über http://dnb.dnb.de abrufbar.

© 2020 Albert Mambourg
Herstellung und Verlag:
BoD – Books on Demand,
Norderstedt

ISBN: 9783750468955

Coverbild:
Nina Mambourg, Äpfel mit Feuerbrand, 2019